KB003255

아무것도 하지 않는 사람

아무것도 하지 않는 사람

렌털 아무것도 하지 않는 사람
지음

김수현 옮김

미메시스

이 책은 실로 꿰매어 제본하는 정통적인 사철 방식으로 만들어졌습니다.
사철 방식으로 제본된 책은 오랫동안 보관해도 손상되지 않습니다.

아무것도 하지 않는 사람 ✔
@morimotoshoji

〈아무것도 하지 않는 사람〉이라는 대여 서비스를 시작합니다. 혼자 들어가기 어려운 가게 같이 가기, 게임 머릿수 맞추기, 꽃놀이 명당 미리 잡기 등 사람 한 명분의 존재가 필요할 때 이용해 주십시오. 고쿠분지역에서부터 드는 교통비와 식음료 비용만(돈이 들 경우) 받겠습니다. 아주 간단한 응답 말고는 아무것도 하지 않습니다.

오후 2:20 · 2018년 6월 3일 · Twitter

1.9만 리트윗　　　**1,102** 인용한 트윗　　　**4.9만** 마음에 들어요

　이런 글로 시작한 〈아무것도 하지 않는 사람〉이라는 활동은, 공지 전에는 3백 명 정도였던 폴로어 숫자가 약 10개월이 지났을 무렵에는 10만 명을 넘어섰

다. 폴로어가 늘면서 의뢰 건수도 늘어나 지금은 하루 세 건씩 쉬는 날도 거의 없이 매일 의뢰가 이어지고 있다.

당사자로서 든 소박한 감상은 〈우와! 장난 아닌걸! 왜? 도대체 무슨 일이지!? 이게 어떻게 된 상황이야?〉였다. 재밌겠다 싶어서 시작한 건 맞지만 책을 내고, 만화로 그리고, 방송에 출연하는 규모로 발전할 거라고는 생각하지 못했기에 얼마나 놀랐는지 모른다. 그것을 겉으로 드러내지 않으려고 덤덤한 척했더니 이번에는 〈독특한 분위기가 있다〉며 유명인으로 봐주는 바람에 또다시 놀라는 중이다.

〈왜? 도대체 무슨 일이지!? 이게 어떻게 된 상황이야?〉 이런 생각은 독자분들도 (저만큼은 아니라도) 하지 않았을까. 적어도 첫 공지에서 이 정도의 반응을 상상할 수 있었던 사람은 나를 포함해 아무도 없었으리라. 생각해 보면, 〈아무것도 하지 않는 사람〉이다. 회사에서, 집에서, 바비큐 모임에서 곧잘 욕먹는 사람이다. 그런 존재가 군이 〈필요한〉 현실을 어떻게 받아들이면 좋을까.

그러한 놀라움과 혼란을 동반한 의문에 어떠한 대

답을 끌어내 보려고 한 것이 바로 이 책이다. 다만, 혼란 한복판에 있는 내 머리만으로 생각하고 대답하려 하니 너무 주관적이라 다른 사람도 이해할 수 있는 대답을 찾기 힘들 것 같았다. 그래서 S 작가와 T 편집자가 질문을 하면 거기에 내가 하나하나 〈지극히 간단하게 답하면서〉 그 해답에 다가가 보기로 했다. 이를 글로 정리하는 것 역시 나의 일을 특별히 지지하지 않고 중립적 태도를 가진 S가 담당하면, 〈아무것도 하지 않는 사람〉을 잘 모르는 사람이 읽더라도 어느 정도 보편적 지식을 얻을 수 있(을지도 모르)는 읽을거리가 되지 않을까.

이런저런 변명을 늘어놓지만 나는 여전히 아무것도 하지 않고 있다. 아무것도 하지 않는데 책이 한 권 완성되는 것을 흥미로워하면서, 또 놀라면서 그저 보고만 있다.

차례

제1장

아무것도 하지 않는다

목표는 사람 한 명분의 존재를 제공한다

✉

지금 스타벅스에서 파는 호지티 프라푸치노를 한 모금만 먹어 보고 싶어요. 단것을 좋아하는데 호지티는 그렇게 달지 않다고 들어서…… 하지만 한번 마셔 보고는 싶거든요. 다 마실 자신은 없으니 사서 한 모금만 주시면 좋겠습니다. 남기기는 싫어요.

✎

어제는 이렇게 평범하지만 독특하고 절실한, 「탐정! 나이트 스쿠프」*에 세 번째 의뢰로 나올 듯한 의뢰가

• 일본 각지에서 발생하는 불가사의하고 기이한 사건에 대해 탐정이 된 개그맨들이 시민의 제보를 받아 해결해 나가는 인기 TV 프로그램. 이하 모든 주는 옮긴이의 주이다.

들어와서 좋았다. 〈비 오는 날은 움직이기 귀찮으니 맑은 날 평일 낮〉에 약속 시간을 정한 것도 인간미가 넘쳤고, 결국 소나기가 좍좍 쏟아진 것도 다 좋았다.

나는 어째서 〈아무것도 하지 않는 사람〉이라는 서비스를 시작하려고 생각한 걸까.

하나의 계기가 되었다고 할 수 있는 것은 심리 상담사 고코로야 진노스케(心屋仁之助)가 자신의 블로그를 통해 퍼트린 〈존재 급여〉라는 개념일지 모른다.• 그 단어를 접하게 된 것은 아내 덕분이다. 아내가 고코로야의 블로그를 곧잘 들여다보았는데, 그것을 옆에서 보다가 우연히 그 말이 눈에 들어왔던 것이다. 솔직히 나는 평소 그의 말에 수상쩍다, 자기 계발서 같다, 너무 말만 번지르르하다는 인상을 품고 있었다. 하지만 그의 주장에 공감하거나 옳다고 생각한 적도 없지 않았는데, 존재 급여도 그중 하나였다.

말할 것도 없이 급여란 노동의 대가이며, 〈뭔가를

• 대기업 회사원 출신의 심리 상담사인 고코로야는 자신의 경험을 바탕으로 한 진솔한 조언과 상담으로 인기가 높다. 『평생 돈에 구애받지 않는 법』이라는 책에서 스스로 인정하는 〈존재 급여〉를 만들어야 돈에 쪼들리지 않는다고 주장한다.

한〉대가로 치러진다. 하지만 고코로야는 〈급여란 존재하는 것만으로도 얻을 수 있다〉, 〈아무것도 하지 않는 사람에게도 가치는 있다〉라고 글을 썼다.

그 글을 보았을 당시에는 뜬구름 잡는 소리 같기는 하지만 재미있는 사고 방식이라고 여겼다. 그리고 그게 정말 가능할까 싶은 호기심이 마음 한구석에 조금씩 뿌리를 내렸던 것 같다.

그런데 얼마 되지 않아서, 이번에는 〈얻어먹기〉를 직업으로 하는 〈프로 얻어먹기러〉가 있다는 것을 알았다.

그 사람은 〈남들이 베풀어 줘서 배를 채우는 생활을 한다〉는 인물인데, 한군데 정해 놓고 사는 집도 없단다. 그럼 어떻게 생활을 꾸려 나가느냐? 우선 트위터에 〈누가 밥 좀 사주라〉 혹은 〈오늘 밤 재워 줘〉라고 트윗을 올린다. 그래서 사람들이 〈내가 사주겠다〉고 댓글을 달면, 대충 훑어봐서 그중 재밌어 보이는 상대를 골라 밥을 얻어먹거나 잘 곳을 제공받는다.

그가 살아가는 방식에는 비판도 따른다. 노동을 해서 직접 벌어먹으라고 화내는 사람이나 기생충이랑 뭐가 다르냐고 야유하는 사람도 많다. 하지만 나는 굉장히 재밌는 인생이라고 생각한다. 그는 완벽하게 존

재 급여만으로 살고 있는 사람이며, 〈존재하는 것만
으로 급여가 발생하는 사람이 실제로 있다〉는 사실을
직접 보면서 그때까지 내 안에 억눌렀던 욕구가 터져
나온 기분마저 들었다.

그 욕구란 물론 〈아무것도 하지 않고 살아가고 싶다〉
는 것이다. 그리고 이 〈프로 얻어먹기러〉의 활동을 참
고로 해서, 아니, 이렇게 하면 되겠다, 하고 거의 베끼
다시피 해서 〈아무것도 하지 않는 사람〉이 탄생했다.

없어도 좋지만 누군가 사람 한 명이 거기 있는 것만
으로, 그저 더해지는 것만으로 기분이 달라질 때가 있
다. 첫 장에서는 〈혼자 들어가기 어려운 가게에 함께
갔으면 좋겠다〉, 〈연극 연습을 지켜봐 주면 좋겠다〉,
〈일터에 같이 있어 주면 좋겠다〉, 〈방 청소하는 것을
봐주면 좋겠다〉 등 〈그저 그 자리에 있기〉를 바라는 의
뢰와 사람 한 명분의 존재를 일시적으로 빌려주면서
생겨나는 변화에 대해 생각해 보고자 한다.

✉

의뢰하고 싶은 내용 말인데, 내일이나 모레 중 하루

언제라도 상관없으니 잘 지낼까, 하는 뭐라도 나쁜 마음 없이 저를 떠올려 준다면 좋겠어요. 떠올린다고 하면 너무 불분명한가요? 그럼 내일과 모레 휴일이 갑자기 날아가 버린 새내기 사회인을 응원하는 거로 생각해 주세요. 그냥 지쳐서 마음이 피곤하네요.

𝅺

〈내일이나 모레, 잠깐 자기를 떠올려 주면 좋겠다〉라는 의뢰. 몇 번을 다시 읽어도 잘 이해하지 못했지만 정말 그냥 떠올리기만 하면 된다고 해서 받아들였다. 잊지 않고 떠올렸다고 나중에 보고하자 효과가 있었던 듯하여 마음이 놓였지만, 어쩐지 계속 걱정된다.

나는 〈아무것도 하지 않는 사람〉이 되기 전에는 (당연하지만) 뭔가를 했다. 다음 장에서도 다루겠지만 잠깐 간단하게 경력을 소개하고자 한다. 나는 이과 대학원을 졸업한 뒤, 통신 교육 서비스나 학습 교재를 출판하는 회사에 취직했으나, 얼마 되지 않아 회사를 그만두고 그 뒤로는 프리랜서 작가로 일하고 있었다. 앞서 얘기한 고코로야의 블로그에서 존재 급여를 접한 것은 내가 프리랜서가 되고 약 2년이 지난 뒤였는데 글 쓰는 일은 거의 하지 않았다. 귀찮다, 질렸다, 보수가 별로다, 같은 답 없는 이유 때문이었다.

그중에서 〈보수가 별로다〉에 대해 조금 더 자세히 적어 보고자 한다.

한마디로 〈프리랜서 작가〉라고 해도 광고를 만드는 카피라이터부터 잡지나 온라인 매체에 글을 쓰는 작가, 자기의 이름을 내세운 기사로 수입을 얻는 칼럼니스트까지 그 직종은 매우 다양하다. 하지만 원고료를 수입원으로 생활을 꾸려 나간다는 점에서는 모두 매한가지다.

나는 회사원 시절에 교재 편집을 했던 관계로 문제집 설문 작성이나 참고서 해설문을 주로 썼다. 그리고 기업용 홍보 책자에 카피를 쓰거나 인터뷰 원고도 작성했다. 처음에는 이런 작업을 어떤 위화감이나 문제없이 해나갔다. 하지만 날이 갈수록, 이 일은 해봐야 재미가 없어, 하고 싶어서 하는 일이 아니야, 하는 마음을 감출 수가 없었다. 다시 말해 글 쓰는 작업에 스트레스를 받게 된 것이다.

하지만 일에 대한 보수(내 경우에는 원고료)는 당

연한 얘기지만 일반적 기준이라는 게 있어서, 그 일을 즐기면서 하거나 마지못해서 하거나 받는 금액이 달라지는 건 아니다.

무슨 말을 하고 싶은가 하면, 어떤 스트레스도 받지 않고 하고 싶은 일을 하는 사람이나 스트레스를 받으면서 하기 싫은 일을 하는 사람이나 받는 돈은 같다는 사실을 이해하지 못했다는 얘기다. 나는 이렇게 괴로워하면서, 정신을 갉아먹어 가면서 원고를 쓰고 있는데 그 심리적 부담에 어떤 수당도 붙지 않는다는 것이 이상하지 않은가?

세상에 편한 일이 어디 있느냐는 지적도 받을 것 같고, 일반적으로는 이상할 게 아무것도 없다는 것도 스스로 잘 알고 있다. 하지만 안다고 해서 고민은 사라지지 않았다.

그렇다면 〈더 재미있는 일을 찾던가〉라고 생각하는 사람도 있을지 모른다. 나도 그렇게 생각했고, 그렇게 하려고 행동하기도 했다. 회사를 그만둔 동기가 바로 그것이었다. 프리랜서가 되어 흥미가 나는 분야의 취재나 만나고 싶은 사람의 인터뷰 등 받고 싶은 일만 받으면 된다고 생각했다. 하지만 〈받고 싶은 일〉

이라도 그것이 연재 혹은 유사 기획으로 이루어져 여러 차례 반복되고, 클라이언트는 〈지난번과 같은 식으로 부탁드려요〉 하고 매번 비슷한 성과를 기대하는 상황에 부닥치자 다시 마음이 무거워지고 펜이 움직이지 않게 되었다. 애초에 나는 다른 사람에게 뭔가 기대를 받는 그 자체가 스트레스였다.

문제집 설문 작성을 예로 들자면, 클라이언트는 무엇보다 품질과 정확한 마감을 기대한다. 운 좋게 그 기대에 부응해 완료했다고 치자. 다시 같은 종류의 일을 줄 때는 〈해설문을 요전보다 알기 쉽게 풀어서 써주세요〉 혹은 〈힌트 항목을 추가해 보면 어떨까요?〉 하면서 지난번과 같거나 더 낫기를 기대한다.

그것만으로도 스트레스다. 하지만 한편으로 나라는 사람은 어쨌든 일에서 보람이나 새로움을 찾으려 한다. 그래서 지금까지 만들어 온 설문을 변형해 돌려 쓰는 게 아니라 새로운 소재를 고안하려고 애쓴다. 그러나 자기 안의 발상이란 한정된 법이고 소재도 금방 다 떨어지기에 보수가 생기지 않는 취재가 별도로 필요하게 된다. 그리고 그렇게 해야 한다는 의무감이 다시 스트레스를 낳는다. 쌓이는 스트레스가 수당처럼 반영되어 보수도 올라가면 좋은데 그건 쉽지 않다. 따라서 발생하는 스트레스의 양이 내가 받는 보수의 양을 추월하는 순간이 반드시 찾아와서 그 일이 하기 싫어진다. 이제까지 살아오며 맡아 온 일이라는 일을 죄다 그런 식으로 내던져 왔다.

✉

안녕하세요, 〈아무것도 하지 않는 사람〉 님. 공원에서 밤바람을 맞으며 맥주 한 캔 마시고 싶은데 혼자 그러면 수상해 보일까봐 걱정됩니다. 이럴 때도 오시나요?

✎

어젯밤에는 이 의뢰 덕분에 술을 엄청나게 마셨다. 여름, 밤, 공원, 술이라는 네 가지 조건이 딱 맞아떨어져 제대로 취한 바람에 아직도 술이 덜 깼다. 오늘 만날 분들에게 실수하지 말아야 할 텐데…….

한편, 블로그라면 내 마음대로 쓸 수 있으니 오래갈지도 모른다고 생각해 블로그를 시작해 봤지만, 역시 소재가 고갈되어 블로그용 글거리를 찾으려고 노력

하며 살기도 힘들게 느껴졌다. 다 큰 어른이니 어떻게든 잘 해봐야지, 하고 뭘 시작해 봤자 금방 스트레스를 받고 그만둬서 아무것도 하지 않게 되고, 그 스트레스를 줄이려고 수단을 취해 봐도, 또 금방 막다른 길목에 부딪혀 아무것도 하지 않게 된다. 그런 〈뭔가 해보려고 하다가 아무것도 하지 않게 된다〉를 되풀이하는 사이에 〈나는 아무것도 하지 않는 게 적성에 맞다〉는 사실을 깨달았다.

덧붙여서 그 당시에 글 쓰는 일을 거의 하지 않고 어떻게 생계를 꾸렸는가 하면, 흔히 말하는 주식 거래 비슷한 일을 하며 지냈다. 그 편이 편하게 돈을 벌 수 있을 것 같았고 실제로도 제법 벌이가 되었다.

그때는 이거면 거의 아무것도 하지 않고도 살아갈 수 있지 않을까? 하는 막연한 기대가 있었다. 바꿔 말하면 〈아무것도 하지 않는 사람〉으로 살아가는 길을 모색하던 시기라고 할 수 있을지도 모른다.

그렇기에 〈존재 급여〉라는 말에 자연스레 눈이 갔던 게 아닐까. 물론 현재는 주식 일은 하지 않으며, 지금 생각해 보면 당시 제법 벌이가 되었던 것은 그냥 운이 좋았던 것뿐, 계속 그 일을 했었더라면 언젠가는 분명 돈을 다 까먹었을 것이다. 또는 역시 어느 순간 질려서 결국에는 오래가지 않았을지도 모른다.

반면에 지금 하는 〈아무것도 하지 않는〉 일은 질리지도 않고 스트레스도 쌓이지 않는다. 다양한 분석이 있겠지만, 가장 단순한 이유는 매번 다른 사람을 만나 매번 다른 상황에서 아무것도 하지 않기 때문이다. 즉, 변화가 있다.

이건 어쩌면 TV를 보는 감각과 가까울지 모르겠다. 세상에는 TV를 지루하게 생각하는 사람도 적지 않겠지만 나는 꽤 좋아하는 편이다(우리 집에는 TV가 없지만). 내가 아무것도 하지 않고 멍하니 보고 있어도 상대방이 알아서 예능 프로그램이나 뉴스나 광고를 보여 주고 게다가 그럭저럭 자극적이기까지 하다. 그런 수동적 시청자 감각이 서비스의 (이용자 측이 아니라) 제공자 측에게 주어진다는 희한한 일이 바로 〈아무것도 하지 않는 사람〉이 아닐지, 최근 들어 생각하게 되었다.

✉

아래층 집에 빨래를 옷걸이째 떨어뜨리고 말았습니

다. 사실은 아래층에서 이사 오고 바로 저희 아이들 발소리가 시끄럽다고 몇 번이나 경비실을 통해 항의한 적이 있거든요. 그때마다 대책을 취해서 최근 반년 정도는 불평이 나온 적이 없지만, 그래도 혼자서 찾으러 가기 겁나서 누군가 따라와 주면 좋겠습니다. 의뢰 내용: 빨래를 찾으러 가는 저를 뒤에서 보고 있어 주세요. 그 후에 집에서 잠깐 생각하는 시간을 가지고 싶습니다(저 혼자 알아서 반성하는 거예요).

✎

아래층 사람과 거듭된 마찰이 있어 혼자서 대면하기 겁나는데, 이날은 달리 부탁할 사람도 없어 의뢰하게 되었다고 했다. 무사히 찾아오기는 했는데 근본적 해결이 이루어진 게 아니라서 두려운 나날은 앞으로도 이어질 거라고 한다.

생각해 보면 프리랜서 일이나 취미로 썼던 블로그나, 내가 하는 일이 타성에 빠지고 단순화되기 쉽다는 게 문제였는데, 그 점을 회피하기 위해 그때마다 새로운 자극이나 변화를 능동적으로 추구하기가 어려웠다. 아니, 나에게는 불가능한 일이었다. 그래서 남의 힘을 빌려 수동적으로 자극과 변화를 누릴 수 있는 지금 상황이 매우 편안하다.

실제로 이 대여 서비스는 일부러 사고를 마비시킨 채 벼랑에서 뛰어내리는 심정으로 시작했다. 그렇게 하면 알아서 다양한 일에 휘말려 들어 재밌어질 듯한 예감이 있었고, 현재로서는 그 예감이 현실이 된 것처럼 느껴진다.

방금 〈벼랑에서 뛰어내리는 심정〉이라고 했는데, 트위터에서 미리 의뢰받았다고는 하나 생판 모르는 사람을 만나러 가서 그 사람과 어느 정도 긴 시간을 함께해야 한다는 사실에 나 스스로 거부감은 없었는가?

결론부터 말하자면, 없었다.

그럴 만한 게, 나는 프리랜서 시기에 〈철학 카페〉라는, 모르는 사람들이 열 명 정도 모여 자유란 무엇인가, 사랑이란 무엇인가, 정의를 위한 폭력은 허락되는가, 같은 철학적 주제에 관해 두 시간씩 얘기를 나누는 자리에 참여하는 걸 좋아했다. 나는 학교나 회사 같은 고정 커뮤니티에 소속된 사람과는 얘기를 잘하지 못했지만, 철학 카페에 뻔질나게 드나들며 모르는 사람 앞에서는 청산유수처럼 말을 잘할 수 있다는 사실을 알게 되었다. 그리고 이러한 그곳 한정 커뮤니티 특유의 관계, 각자의 과거도 미래도 상관하지 않는 납작하고 일시적인 인간관계가 무척 편안하게 느껴졌다.

그러므로 벼랑에서 뛰어내리는 데에 거부감이 없었다.

✉️

작년에 남자 친구와 헤어지고 아직 미련을 못 버리고 있어요. 이번 13일이 헤어지는 원인이 있었던 날로부터 딱 1년째 되는 날(남자 친구가 바람피운 날)인데 도저히 혼자 보낼 자신이 없네요. 그렇다고 이런 이유로 월요일 밤부터 친구를 불러내기도 미안해서, 괜찮으면 같이 술이나 한잔해 주시면 좋겠어요.

✏️

이런 의뢰가 들어와 시부야의 이탈리안 맛집에 갔다. 만일 〈아무것도 하지 않는 사람〉이 심야 드라마라면 이런저런 일이 생길지 모를 의뢰지만 실제로는 그냥

즐겁게 피자랑 이것저것을 먹고 헤어졌다.

인간관계 얘기를 좀 더 이어 보자면, 일반적으로 중요한 얘기는 친구나 애인 그리고 가족 같은 가깝거나 친근한 사람이 아니면 하지 않는 것으로 여겨진다. 그건 어렸을 적이나 어른이 된 뒤에도 다르지 않다. 하지만 한편으로는 인간관계가 가볍거나 아무 상관이 없는 사람이라서 할 수 있는 중요한 얘기도 세상에는 얼마든지 있다. 나는 〈아무것도 하지 않는 사람〉 대여 서비스를 시작하고 그것을 알았다.

예컨대 관계가 얼마나 깊은지와 얘기가 얼마나 심각한지가 반드시 비례하지는 않으며, 친근한 사이라고 해서 자신을 모두 까발릴 수 있는가 하면 그렇지도 않다. 오히려 친해서 더 입을 닫게 될 때도 많다.

사실 나에게 들어오는 의뢰 중에는 〈얘기를 들어주면 좋겠다〉는 종류가 꽤 많으며, 그중에는 왜 생판 남인 나한테? 하고 고개를 갸웃거릴 정도로 무거운 고백도 몇 번인가 있었다.

이건 나만의 의견이지만, 남에게 고민을 상담한다는 것은 과장을 보태 말하면 그 사람에게 자기 약점을 잡히는 일이라고 생각한다. 그래서 친한 사람, 다시 말해 과거부터 현재에 이르기까지 그사이에 인간관계가 구축되어 있고, 그 관계가 미래에도 이어지리라 예상되는 상대에게 고민을 상담하면, 그 후로 계속 자기 약점을 잡혀 사는 꼴이 된다.

이런 경우에 앞으로도 인간관계가 계속 좋다면 그런 건 큰 문제가 되지 않을지도 모른다. 하지만 우연한 기회에 어느 날 갑자기 그 관계가 어긋나게 될 수도 있다. 상대방이 나에게 좋지 않은 존재로 바뀌었을 때, 약점을 잡힌 만큼 내가 불리해진다. 또 그 약점이 나 모르는 곳에서 여러 사람에게 까발려질 위험도 있다. 그 밖에도 다양한 걱정거리가 생긴다.

그렇게 봤을 때 〈아무것도 하지 않는 사람〉 대여 서비스에서 나라는 존재는 지금이나 앞으로나 관계성이 희박하기 그지없는, 투명에 가까운 남이며, 다시 이용하지 않는 한 다시 만날 일도 없다. 말하자면 『임금님 귀는 당나귀 귀』에 나오는 대나무 숲 ─ 아무에게도 말할 수 없지만 혼자서는 끌어안기 힘든 얘기를 할 수 있는 대상 ─ 의 소임을 하나 보다. 물론 나는 내가 들은 얘기를 불특정 다수가 볼 수 있도록 트위터에 올릴 때도 있지만 의뢰인이 어디 사는 누구인지 확실히 알 만한 요소는 모두 없애고 적기 때문에 누군가에게 약점을 잡힐 걱정도 적어진다.

게다가 나에게 얘기를 들어 달라고 하는 사람들에게는 또 한 가지 다른 동기가 있는 것 같다. 이건 어느 의뢰인에게 들은 얘기이기도 한데, 남에게 자기 얘기를 할 때 조언(다르게 말하면 설교)을 받는 게 괴롭다고 한다. 왜냐하면 조언을 받음으로써 자기 얘기에 어떤 평가가 발생해 버리기 때문이다. 더 나아가 듣는 측은 딱히 조언이라 생각하지 않을 것 같은 〈괜찮네〉, 〈그거 재밌겠다〉 같은 긍정적 평가조차도 은근히 스트레스가 되어 쌓일 때가 있다고 한다.

그 마음은 나도 조금 안다. 나도 남에게 고민을 말할 때 상대방에게 〈괜찮을 거야〉 같은 대답을 듣는 게 싫다. 자기 내면에 안고 있는 고민을 정확하고 남김 없이 상대방에게 전하는 건 불가능하다. 내 입에서 나온 말은 내 고민의 지극히 일부분을 언어화한 것에 지나지 않는데, 그런 불완전한 정보를 바탕으로 어떻게 〈괜찮다〉 또는 〈괜찮지 않다〉로 판단한다는 건가 싶다. 다 알지도 못하면서 말 얹지 말았으면, 하는 기분이다.

물론 그게 일방적 트집이라는 것도, 상대방에게 나쁜 뜻은 없다는 것도 알고 있다. 하지만 나쁜 뜻이 없기에 위와 같은 감정을 가지는 것 자체에 죄악감이 들게 되고, 상대방은 좋은 마음에서 내 고민을 들어주는데 만일 내가 〈나를 다 알지도 못하면서〉 하고 속마음을 흘리면 분위기도 나빠진다.

그런 생각을 하면 더 이상 누구에게도 고민을 털어놓기가 싫어진다. 그런 생각을 가져 본 적이 있어서 나는 의뢰인의 얘기를 들을 때에 내용을 평가하는 말은 절대 하지 않고 맞장구만 치려고 한다. 다행히도 나에게 들어오는 〈얘기를 들어주면 좋겠다〉 같은 의뢰에서 조언을 바라는 경우는 그렇게 많지 않다. 가끔 연애 상담을 해달라는 의뢰도 있는데, 그럴 때는 〈상담이라고 하면 어떤 기대를 받는 느낌도 들고 뭔가 하는 느낌도 들기 때문에 어렵습니다. 그냥 일방적으로 얘기를 듣기만 하는 거라면 가능합니다〉라고 답장을 하곤 한다.

「시작하며」에서 적은 것처럼 〈아무것도 하지 않는 사람〉이 하는 일은 그저 사람 한 명분의 존재를 일시적으로 제공하는(대여하는) 것이다.

구체적으로는 혼자 들어가기 어려운 가게에 함께 가거나 연극 연습을 하는 자리에 있어 달라거나 혼자 서는 자꾸 땡땡이를 치게 되니 일터에 같이 있어 주거나 집 청소를 잘하나 보고 있어 달라 같은 〈그냥 거기에 있는〉 것만이 요구되는 상황에 찾아가고 있다. 굳이 유형을 나누면 〈동행〉, 〈동석〉, 〈지켜보기〉 등이 될 텐데, 이러한 의뢰는 기본적으로 딱히 내가 없더라도 의뢰인 본인의 힘만으로 달성할 수 있다. 마찬가지로 〈애기를 들어 달라〉는 의뢰도 나는 그냥 맞장구만 치는 거니까 이론적으로는 의뢰인 본인이 혼잣말하는 형태로 알아서 해결하지 못할 것도 없다고 생각한다.

하지만 없어도 좋지만 거기에 누군가 한 명 있는 것만으로 의뢰인의 마음에 변화가 일어난다는 건 분명한 것 같다. 그렇게 생각해 보면 〈아무것도 하지 않는 사람〉은 〈촉매〉 같은 구실을 하는 게 아닐까.

촉매란 자신은 변화하지 아니하면서 다른 물질의 화학 반응을 매개하여 반응 속도를 빠르게 하거나 늦추는 일이나 그런 물질을 말한다. 곧잘 예로 드는 것이 이산화 망가니즈다.

과학 실험 중에 과산화 수소수에 이산화 망가니즈를 가해 산소를 발생시키는 실험이 있는데, 사실 과산화 수소수는 그냥 놔둬도 알아서 산소를 방출한다. 다만 그대로 두기에는 반응 속도가 너무 느려서 반응 속도를 올리는 촉매로 이산화 망가니즈를 가하는 것이다.

　　다시 말해 산소를 발생시키는 데에 이산화 망가니즈가 꼭 필요한 것은 아니지만 있으면 효율적이다. 좀 더 추상적이면서 다른 식으로 표현하자면 자기(과산화 수소수)만 가지고 하기에는 10이라는 에너지가 필요한 일이, 거기에 다른 누구 한 명(이산화 망가니즈)이 존재함으로써 필요한 에너지가 4나 5 정도로 떨어진다.

　　들어가기 어려운 가게에 가는 것도 연극 연습을 하는 것도 청소하는 것도 혼자서 하지 못할 것은 없다. 하지만 혼자서 하려면 쉽게 행동으로 옮겨지지 않는다. 그리고 〈아무것도 하지 않는 사람〉은 그것을 좀 더 쉽게 만들어 주는 촉매로 작용한다는 뜻이다.

　　〈함께 가게에 가달라〉는 의뢰의 발전형으로 〈함께 이벤트에 참가해 달라〉는 의뢰가 있다. 예를 들면 올

스탠딩 공연처럼 고정된 자리가 없는 이벤트의 경우에는, 〈동행〉은 하지만 반드시 〈동석〉의 형태를 이루지는 못한다. 현장에 도착하면 의뢰인이나 나나 거의 단독 행동이나 다를 바가 없어지는데, 〈아무것도 하지 않는 사람〉과 함께 간다는 약속이 촉매가 되어 그 의뢰인이 귀찮음을 극복하고 행동하는 데에 본래 필요했던 에너지가 줄어든 거로 생각할 수도 있다.

하나 더, 촉매와 같은 효과를 알기 쉽게 설명할 수 있을 것 같은 예로 이런 의뢰가 있다.

✉

새해 복 많이 받으세요! 아직 마감되지 않았다면 말인데요. 1월 4일 아침에 〈좋은 아침! 도쿄!〉를 외칠 예정인데 보러 와줄 수 있을까요? 오전 8시 30분부터 9시까지, 장소는 지난번과 같은 이노카시라 온시 공원입니다. 2019년 시작을 경사스러운 분위기로 연출할 계획이에요. 기대해 주십시오!

✎

오늘은 아침부터 이노카시라 공원에서 돼지 의상을

입은 여성이 지나다니는 사람들에게 인사하는 모습을 지켜보고 있다.*

　잠깐 설명하자면, 이 의뢰인은 아침에 출근하기 전 곧잘 공원에서 직접 만든 의상을 입고 지나다니는 사람들을 향해 〈좋은 아침입니다!〉 하고 인사하거나 춤추는 활동을 하고 있다(다른 날에는 돼지가 아닌 차림으로 했다). 그리고 기본적으로 혼자 하는데 〈아무 것도 하지 않는 사람〉이 눈앞에 있으면 재미있을 것 같아서 의뢰했다고 한다.

　의뢰받은 대로 나는 아침부터 도쿄 기치조지에 있는 이노카시라 공원에서 돼지 의상을 입은 여성이 사람들에게 인사하는 모습을 보고 있었다. 그리고 목적을 달성한 의뢰인은 〈딱히 돼지 의상을 입는 게 부끄러운 게 아니라 이런 활동은 꽤 외로워요. 그래서 다소 기운을 얻고 싶은데, 옆에 사람이 한 명 있으면 한결 낫더라고요〉라고 했다. 실은 당시 방송국 취재가 들어와서 했던 방송용 코멘트이긴 하지만 말이다.

　• 지난 2019년은 기해년으로 특히 황금 돼지해로 화제가 되었다.

덧붙여 〈동석〉이나 〈지켜보기〉 같은 의뢰의 경우, 당연하게도 나는 그 자리에 〈그저 있을 뿐〉이다. 〈지켜보기〉라고 적었지만, 실제로는 보고 있지 않을 때도 많다. 다만 그것은 의뢰인 측의 양해도 있어서이다.

✉️

저는 아마추어로 소설을 쓰는데, 혼자 글을 쓰다 보면 자꾸 딴짓을 해서 작업하는 동안 누가 감시해 주면 좋겠어요. 아무것도 님이 작업하는 제 앞에 앉아 있어 주세요(그동안에 가끔 말을 걸 수도 있는데 기본적으로는 아무것도 하지 않고 시간을 때워 주셨으면 합니다).

✏️

소설 신인상에 응모할 원고의 막바지 작업을 할 수 있도록 동석해 달라는 의뢰였다. 혼자서는 주의가 산만해지고 SNS를 너무 많이 들여다보게 된다며…….나는 의뢰인이 가져온 만화책을 넘기면서 시간을 때웠다. 처음 보는 사람과 동석하고, 처음 보는 사람에게 작업에 관한 규칙을 선언했다는 상황 덕분인지 역시 평소보다 빠르게 작업이 이루어졌다고 한다.

의뢰서에 〈가끔 말을 걸 수도 있다〉라고 적혀 있듯이, 〈지켜보기〉 작업 때에는 의뢰인이 휴식을 겸해 나에게 말을 건네는 일도 적지 않다.

만화가였던 한 의뢰인은 〈저의 조수는 아무래도 일하러 온 거라서 그런지 휴식 시간이 길어지면《인제 그만 슬슬 다시 작업으로 돌아가죠》라고 지적을 해요. 그래서 이런 식으로 아무 눈치 볼 것 없이 말을 나눌 수 있는 게 마음이 편해서 좋네요〉라며 기뻐했다.

하기야 〈대화〉라고 해도 내가 할 수 있는 것은 〈간단한 응답〉뿐이고, 의뢰인이 하는 일이 어떤 건지도 잘 모른다. 물론 만화가는 만화를 그리고 소설가는 소설을 쓴다는 것쯤은 알지만, 대체로 책상에서 일하는 의뢰인과 마주해 앉아 있는 경우가 대부분이라 나에게는 컴퓨터 뒷면만 보인다.

연극 연습을 〈지켜보기〉도 마찬가지다. 의뢰 내용은 〈거기 있어 주면 된다〉뿐이지 특별히 감시해 달라는 요구는 하지 않았다. 그래서 나도 크게 의식하지 않고 트위터에 그 상황을 적어 올리거나 하며 있었다. 뭐, 가끔은 정말 아무것도 하지 않을 수 없을 때도 있다. 어느 극단의 연습을 지켜보는 중에, 〈연극 속에 손님과 실랑이를 벌이는 장면이 있는데 그때만 손님 역을 해주기 바란다〉고 부탁받은 적이 있었다. 그 정도라면 나도 〈간단한 응답〉 범주에서 처리가 가능하므로 문제가 없었다. 이 극단은 작은 문화 센터의 회의실을 빌려 대여섯 명이 연습했는데, 역시 모르는 사람이 한 명 있으면 더 긴장되는 듯했다.

이러한 〈그저 있기만 하면 되는〉 의뢰는 나도 환영하게 된다. 아무것도 하지 않는 일을 하면서 다른 일을 동시에 할 수 있어서 좋다. 즉, 일을 하면서 일을 할 수 있다. 일이라고 해봤자 트위터 DM에 답장하거나 인터넷을 하는 정도이지만, 아무것도 하지 않아도 된다는 건 무엇을 하고 있어도 좋다는 뜻이구나, 하고 생각했다.

게다가 〈아무것도 하지 않는 사람〉을 실제로 대여하지 않고도, 아니, 내가 의뢰를 거절했는데도 의뢰인의 요구가 충족되어 버린 사례도 있다.

✉

올해 초에 어떤 사정으로 몸과 마음 모두 탈진되어 움직이기조차 힘들어지는 바람에 외출이며 집안일을 못 하게 되었습니다. 최근 들어 본래대로 돌아가기 위해 청소나 사람 만날 약속을 해서 조금씩 복귀하려고 노력 중인데, 집 안에 물리적으로 문제가 되는 것이 있어요. 바로 잔뜩 쌓인 설거짓거리입니다. (생략) 소리를 지르고 발광하면서 설거지하는 제 옆에서(엄밀히 말하면 베란다 옆 언저리로 피하셔서) 아무것도 하지 않고 끝날 때까지 기다려 주면 좋겠습니다. 혼자서는 아무리 해도 못 하겠어요. 이 설거지만 처리할 수 있으면 저도 밖에서 스쳐 지나가는 다른 평범한 사람들에게 한 걸음 가까워질 수 있을 것 같아요.

✎

〈몇 개월 방치한 설거지를 발광하면서 처리하게 옆에 있어 주면 좋겠다〉는 의뢰로, 조금 무서워서 거절했는데 방금 혼자서 해냈다고 한다. 아마도 누군가에게 얘기하면서 현재 상황을 객관적으로 보고 냉정하게 행동할 수 있었던 게 아닐까. 의뢰가 성립하지 않았음에도 효과가 발생한 희귀한 경우다.

이 의뢰는 전형적인 〈지켜보기〉 타입이다. 다만 거

기에는 〈집이 너무 더러워서 벌레가 끓을지 모르니까 아무것도 님은 베란다에 있어 주세요〉라는 한 문장이 곁들여져 있었다. 나는 결벽증까지는 아니지만 위생적이지 못한 환경에 다소 거부감이 있었고 벌레도 싫어해서 미안하지만 거절하고 말았다. 하지만 훗날 그 의뢰인으로부터 〈무사히 설거지를 마쳤어요. 벌레도 나오지 않았습니다. 감사합니다〉라는 보고를 받았다.

아마도 이 의뢰인은 부엌을 치울 결심을 나에게 밝혔다는 사실이 방아쇠가 되어 혼자서 목적을 달성할 수 있었나 보다. 또는 의뢰인이 부엌을 치우지 못했던 이유가 〈바빠서 치울 시간이 없어서〉가 아니라 정신적 부분에 있었다는 점도 관계 있을지 모른다. 정신적으로 지쳤을 때는 머릿속이 복잡하고 아무것도 손에 잡히지 않는데, 트위터의 DM으로 의뢰서를 작성하면서 그 복잡한 머리가 제어되거나 정리된 결과 행동에 옮기기 쉬워졌던 게 아닐까. 정답이 무엇이든, 이것은 〈아무것도 하지 않는 사람〉이 트위터의 DM 교환만 가지고도 어떤 촉매처럼 작용했던, 최고로 아무것도 하지 않은 사례였다.

이처럼 DM까지는 주고받았으나 내가 거절한 의뢰

를 두고 한 가지 재미있는 사건이 있었다.

그것은 2018년 12월 23일에 이루어진 천황 탄생일 축하 행사에 관한 의뢰였다. 이때 〈행사에 같이 가주면 좋겠다〉는 의뢰가 한 번에 세 건이나 들어왔다. 그 사실 자체도 제법 흥미로웠지만, 일정 문제로 전부 거절하고 말았다. 그것을 그대로 트위터에 〈천황 탄생일 행사에 동행해 달라는 의뢰가 세 건 들어왔는데 전부 거절했습니다〉라고 올렸더니, 거절당한 의뢰인이 그 트윗을 보고, 또 거기에 상관없는 다른 사람들까지 더해져 〈거절당한 사람들끼리 모여서 같이 가면 되지 않겠어?〉 하는 분위기가 되었다. 결과적으로 그 제안은 실현되어 〈축하 행사에 누군가 동행해 주면 좋겠다〉는 의뢰인들의 희망 사항은 나를 빼고 멋대로 이루어지고 말았다. 이런 경우는 요만큼도 예상하지 못했는데, 트위터를 매개로 한 〈아무것도 하지 않는 사람〉의 파급 효과라고 해도 좋을 것 같다.

어떤 의뢰인은 〈아무것도 하지 않는 사람〉을 두고, 〈인생의 어떤 국면에서 딱 한 번 쓸 수 있는 편리한 카드〉 같은 존재이자 그 카드를 쓰지 않았다 하더라도

〈부적〉 같은 효과가 있는 게 아닐까, 하고 얘기했다. 나로서는 몇 번이나 카드를 써줘도 상관이 없고, 또 부적보다는 〈도주로〉에 가까운 기분이 들지 않는 건 아니지만, 〈아무것도 하지 않는 사람〉이 존재함으로써 크거나 작거나 마음을 든든하게 가져 주는 사람이 있다면 아주 기쁠 것 같다.

🖉

가끔 사진을 찍어 달라, 방 치우는 것을 도와 달라, 무엇 무엇을 사다 달라 등 뭔가 시키려고 하는 의뢰가 들어와서 경계하는데, 사람을 대여할 수 있는 서비스는 저 말고도 있다는 것을 잊지 말아 주세요. 뭔가 시키고 싶은 분은 〈아저씨 렌털〉'을 이용하시기 바랍니다.

〈아저씨 렌털〉은 공식 홈페이지에서 인용하자면, 〈자칭 잘 나간다는 아저씨를 한 시간에 1천 엔으로 빌릴 수 있는 서비스로 잡담부터 비밀 얘기, 심부름까지 원하는 대로 이용해 주세요〉라는 서비스업이다.

• 2012년 처음 시작한 대여 서비스업으로 시간당 1천 엔에 중년 남성을 빌릴 수 있다. 일본 전역에서 80여 명이 넘는 아저씨들이 등록되어 있으며, 고객이 가장 많이 찾는 서비스는 주로 고민 상담이라고 한다.

그런데 〈아무것도 하지 않는 사람〉에게 〈아무것도 하지 않는다〉와 〈뭔가를 한다〉의 경계는 어디에 있는지 가끔 의뢰인이나 팔로어들이 묻곤 한다. 설명하기 매우 어렵지만, 내 안에 정해진 매뉴얼이나 규칙이 있는 건 아니다. 그저 〈케이스 바이 케이스〉라고만 말할 수 있다.

다만 이 정도까지는 괜찮다고 확실히 말하지 못하더라도 〈이건 안 된다〉는 예는 들 수 있다. 이런저런 심부름이나 한정판 상품 구매 줄서기 대행 등 (다른 누군가가 지시하거나 명령한 거라고 해도) 세밀한 부분에서 나의 주체적 판단이 요구될 것 같은 경우는 전부 거절하고 있다. 한편 꽃놀이 자리 잡기는 아마도 받을 것 같다. 이 경우에는 실제 꽃놀이를 할 자리까지 의뢰인과 〈동행〉해서, 돗자리 위에 〈그저 한 사람 분의 존재를 빌려주는 것〉이 되기 때문이다.

또한 아쉽지만 예전에는 받았던 의뢰를 받지 않는 경우도 있다. 주된 원인은 내가 싫증이 나서다. 한번은 〈파친코 가게가 문을 열기 전에 줄을 설 건데 같이 서 있어 주면 좋겠다〉는 의뢰를 받아들인 적이 있다. 하지만 해봤더니 싫증이 나서 그 뒤로는 다시 하고 싶지 않았다.

앞서 다룬 것처럼 일반적 업무라면, 구체적으로는 내가 했던 글 쓰는 일의 경우엔 〈과거에 이런 기사를 쓴 적이 있습니다(그러니까 비슷한 종류의 일을 많이 맡겨 주세요)〉 같은 동종 업무를 여러 번 해왔다는 사실이 오히려 세일즈 포인트가 된다. 하지만 〈아무것도 하지 않는 사람〉의 경우에는 〈전에 한 적 있는 일이라 받지 않습니다〉 하고 거절하는 일도 적지 않다.

실제로 〈아이 엠 스타!〉라는 카드 게임 대회에 나가고 싶은데 두 명이 아니면 팀을 만들 수 없으니 같이 나가자는 의뢰가 연속해서 들어왔을 때, 두 번째 의뢰인에게 〈똑같은 의뢰를 이미 받은지라 혹시 재미있을 것 같은 다른 신규 의뢰가 들어오면 그쪽을 우선해도 괜찮냐〉는 답장을 보냈다. 의뢰인은 그래도 좋다고 양해해 주었고, 결과적으로는 새 의뢰가 들어오지 않아 받아들이게 되었지만 말이다.

마찬가지로 라이브 공연에 같이 가달라는 의뢰도 몇 번인가 거절했다.

사실 나는 음악이나 연예인을 잘 알지 못해서 대부분은 모르는 가수나 아이돌들의 공연이다. 처음에는 아무 흥미도 없는 사람의 라이브 공연에 따라가는 일도 재미있을까 싶었는데, 역시 흥미가 없는 것에는 계속 흥미가 가지 않았다. 다양한 가수가 세상에 존재한다는 감동에 익숙해진 뒤로는 조금 싫증이 나서 의뢰를 받기가 내키지 않게 되었다. 하지만 이게 만약에 모닝 무스메나 폴 매카트니처럼 나도 아는 유명한 가수라면 얘기가 달라지므로 역시 〈케이스 바이 케이스〉다.

✉

의뢰 내용: 구체적으로는 패밀리 레스토랑이나 카페에서 뭔가 먹으면서 잠깐 얘기를 하거나 지켜봐 주기. 자세한 내용: 트위터 프로필에 적은 대로 결혼 상대를 찾아야 하는데 지금까지의 생활 습관과 현실을 직시하지 못한 도피 행동으로 인해 조금도 진전이 없습니다. 독신 친구가 많은데 성격상 결혼 생각이 있다고 말하지 못한 채 남자 없이도 혼자 살아갈 수 있다는 둥 적당히 둘러댔죠. 이제 정말 슬슬 위험하다 싶지만 혼자서 취미 활동(오타쿠임)에 몰두하거나 휴일을 이불속에서 보내 버리기 일쑤입니다. 결혼 관련 사이트에

등록하거나 소개팅 행사에 신청하거나 등등 제가 정보 수집하는 것을 봐주실 수 있는지요. 아아, 앓는 소리를 내고 있을 테니 가볍게 얘기를 나눠 준다면 기쁘겠습니다.

   ✐

내키지 않는 결혼 대비 작업을 지켜봐 달라는 의뢰. DM에 적은 것처럼 앓는 소리를 10분에 한 번씩 내면서 열심히 등록 같은 것을 했다. 소개팅 앱 조작을 잘못해서 무시하고 싶은 남성에게 〈좋아요〉를 눌러 버리고 허공을 바라보았을 때는 정말이지 괴로워 보였다. 나는 호화로운 홍차와 케이크 세트를 얻어먹고 그저 즐겁기만 했다.

앞에서 철학 카페에 드나들었다고 얘기했는데, 나는 처음 만나는 사람이나 일상에서 접점이 없는 사람의 얘기를 듣는 것을 비교적 좋아하는 편이다. 동행이나 동석 임무를 수행하는 가운데 발생하는 대화만 하더라도, 되풀이해 말하지만 〈간단한 응답〉밖에 하지 않아도 기본적으로는 즐기고 있다. 하지만 라이브 공연은 그런 대화를 거의 할 수가 없어서 그런 의미에서도 우선도가 낮다.

말해 두자면 흥미가 없는 것을 구경하는 행위 자체에 스트레스를 받는 게 아니다. 여차하면 나는 라이브 공연장에서 의뢰인 가까이(좌석이 지정되어 있다면 옆자리)에 있으면 될 뿐, 딱히 그 공연을 제대로 보지 않아도 되기 때문이다. 다만 어째서인지 이 문장을 쓰는 지금은 공연 동행 의뢰가 늘어난 참이라 동종 의뢰로 일정을 메우는 것보다 그 밖에 다른 재미있는 의뢰가 올 때를 대비해 비워 두고 싶은 마음이다. 하지만 싫증이 난 의뢰라도, 예를 들어 공연 동행 의뢰가 뚝 끊어졌다가 잊을 만해서 불쑥 들어온다면, 그때는 다시 새롭게 느껴져 의뢰를 받아들일 가능성이 있다. 그러니까 의뢰를 받고/안 받고 선을 긋는 것도 불분명하다고 생각한다.

그럼 책을 쓰는 일은 〈아무것도 하지 않는〉 범주에 들어가는가. 이것을 의문으로 생각하는 사람도 있을지 모른다. 하지만 「시작하며」에서 쓴 것처럼 실제로 손을 움직여 주는 사람은 다른 작가다. 질문에 대해 내가 한 〈간단한 응답〉이 문장이 된 것뿐이다. 이 〈간단한 응답〉이라는 것도 어디까지가 〈간단〉인지 아닌지 선을 긋기는 어렵지만, 적어도 나는 이번 책을 위해 뭔가 특별한 준비를 해온 게 아니라 그저 내가 아는 것밖에 얘기하지 않았다. 그러므로 〈간단〉하다고 할 수 있으며, 그런 〈응답〉들의 축적이나 연장으로 책이 생겨나는 거라면 괜찮다고 생각한다.

✎

대여 서비스를 하던 중에 내 쪽에서 중단하고 돌아가는(아무리 해도 흥미가 생기지 않아서) 행동을 처음 했더니 차단당하고 말았다.

받아들인 의뢰가 도저히 맞지 않아서 도중에 중단해 버린 적이 딱 한 번 있다.

의뢰인은 어느 이벤트의 주최자였으며, 그 이벤트에 손님으로 참가해 달라는 것이 내용이었다.

단상에 오른 사람들이 각자 자신이 실현하고 싶은 꿈을 얘기하면, 손님들이 그 꿈의 내용이나 그의 PR 능력을 평가한 후 가장 높은 점수를 받은 사람에게는 그 꿈을 실현할 수 있도록 지원해 주는 이벤트였다. 이벤트 자체는 이상한 곳에서 주최한 게 아니고 건전했지만, 개회 인사에서 사회자가 〈여러분 가운데에 꿈을 가지지 않은 사람은 없으리라 생각합니다, 미래에 대해 생각하지 않는 사람은 없을 테지요〉라는 얘기를 시작한 순간, 나는 거기에 해당하지 않다고 느꼈고 일방적으로 강요당하는 것 같아 불쾌해지고 말았다.

이벤트가 시작되고 30분 정도 지났을 무렵, 이대로 계속 있다가는 트위터에 안 좋은 얘기나 쓰게 될 것 같다고 판단을 내리고, 의뢰인에게 DM으로 〈죄송합니다. 마음이 내키지 않아 그만 돌아가겠습니다. 교통비는 주지 않으셔도 됩니다〉라고 적어 보냈다. 의뢰인에게서 알겠다는 답장이 왔고 동시에 계정을 차단당했다.

이에 관해서는 매우 미안하지만 의뢰를 도중에 거절해서 받는 스트레스보다 그 자리에 계속 머물러서 받는 스트레스가 더 클 것 같아서 어쩔 수 없었다.

어째서 〈꿈〉이라는 단어에 강요당하는 느낌을 받았는가. 돌이켜 보면 나에게는 말 그 자체보다는 꿈이라는 단어를 입에 올리는 사람에 대한 편견이 있는지도 모른다.

그렇다. 말 그대로 편견이자 내 개인적 의견인데, 그런 사람은 꿈이라는 게 〈타인과 세상에 도움이 되어야 한다〉는 것을 전제로 하는 듯하다. 그게 바로 설교처럼 느껴진다.

내가 중간에 박차고 나온 이벤트만 하더라도, 지원자 중에는 아프리카의 어려운 아이들을 지원하고 싶다고 얘기한 사람도 있었다. 물론 가혹한 환경에 처한 아이들이 도움을 받는다면 좋겠지만 그런 〈타인과 세상에 도움이 되는 것〉을 〈자신의 꿈〉이라며 내걸고 있는 사람과는 솔직히 말해서 얘기가 좀 안 맞는 기분이 든다. 좋은 마음에서라는 일방적 압력이 느껴지며, 말을 나누는 데에도 주눅이 들어서 같은 자리에 있기가 불편해진다.

그렇다고 해서 내가 세상 모든 꿈에 대해 거부감을 가지는 건 아니다. 나도 누가 당신의 꿈은 무엇이냐고 물으면 〈아무것도 하지 않고 살아가는 것〉이라고 그 자리에서 대답할 것이다. 하지만 그건 〈타인에게 도움이 되려고〉가 아니라 내가 그러고 싶기 때문이다. 〈꿈〉이란 건 그 정도로 충분할 텐데, 그런 게 아니라 뭔가 거창한 말을 하는 사람들에게는, 굳이 비꼬아서 말하자면 남들의 칭찬을 기대하고 저러는 건 아닌지 지레짐작하게 된다.

꿈은 미래에 이루고 싶은 것을 가리키는 경우가 일반적일 테다. 하지만 누가 꿈을 물어서 지금 갑자기 미래를 생각해야 하는 것도 성가시다. 나의 〈아무것도 하지 않고 싶다는 꿈〉은 현재 시점에서 이미 성취되었으며 앞으로도 이 상태를 쭉 이어 나가고 싶다는 의미에서의 〈꿈〉이다. 온전히 〈지금〉만 바라봐도 좋을 텐데, 언제부터 미래로 이어지는 게 전제가 된 걸까.

미래를 보고 싶지 않은 그런 나에게 장래에 관해 고민을 가진 대학생에게 얘기를 들어 달라는 의뢰가 온 적이 있다. 그때도 늘 그랬듯이 맞장구밖에 치지 않았는데, 대학을 졸업하기 전에 이건 꼭 해둬야 하는 게 있냐는 질문에 나도 모르게 아무것도 하지 않아도 좋다고 대답했다. 절반은 〈아무것도 하지 않는 사람〉이라는 캐릭터에 맞춘 대답이었지만 나머지 절반은 진심이었다.

제2장
개성을 드러내지 않는다
나답지 않아도 된다

✉

저는 2년 차 회사원입니다. 직속 상사와 의견이 맞지
않아 저도 모르게 말싸움 같은 걸 벌였어요. 현재 매
우 거북한 분위기인데 덕분에 출근하기가 조금 두렵
습니다. 누군가 따라와 주면 좋겠는데 가능할까요?

✎

아침 출근할 때 따라와 주기를 바라는 의뢰였다. 상사
와 거북한 분위기가 되어 회사에 가기가 조금 두렵다
고. 게다가 〈겁나는 회의〉도 있어 배까지 아프다는 모
양이었다. 회사 근무 3년 만에 낙오한 나로서는 너무
나 공감이 가서 자연스레 아침 일찍 일어나 준비를 했

다. 회사는 정말 두렵다.

내가 아직 회사에 다니던 시절, 상사는 곧잘 나에게 〈자네는 정말 있으나 없으나 다를 게 없어〉 같은 말을 쏟아 냈다. 아마 상사로서는 이렇다 할 특징도 없거니와 주위에 영향력도 없는 나를 농담 섞어 깎아내리려는 심보였을 것이다. 하지만 지금은 그 점을 상품화해서 일하고 있다. 그런 나의 존재 방식에 수요가 발생하고 있다는 점이 흥미롭다.

그 상사는 내가 〈있으나 없으나 다를 게 없다〉는 점을 불만으로 여겼는데, 그렇다면 나에게 무엇을 기대한 걸까. 아마도 〈이 녀석이 없으면 일이 잘 돌아가지 않는다〉고 느끼게끔 일을 잘하도록 하거나 다른 이들을 단합시키는 지도력 혹은 단순히 회사에 득이 되는 것, 즉 〈사람에 일이 따라오는〉 것을 원했을 것이다. 사람에 맞춰 조직을 만든다고 하더라도 각자의 개성이나 소질을 모르면 (혹은 애초에 없으면) 인원을 배치할 방법이 없는지도 모른다.

제1장에서 적은 것처럼, 나는 회사 같은 고정 커뮤니티에 소속된 사람과 의사소통하는 게 몹시 힘들어

서 회식 때도 사람들과 말을 거의 섞지 않고 그저 묵묵히 자리만 지킬 때가 많았다. 그러면 역시나 존재감이 희박하다고 놀림을 당한다. 이 경우에는 잔이 비어 가는 것을 보다가 얼른 채워 주거나 상사와 후배가 서로 거리를 좁힐 수 있도록 눈치 있게 말참견하거나 분위기를 북돋우는 식으로 존재감을 드러내기를 기대했을 테다.

어느 쪽이든 이러한 〈공헌〉을 하지 못하는 사람은 사회생활을 하는 데 큰 핸디캡을 지고 있다고 해도 좋다. 하지만 〈아무것도 하지 않는 사람〉이라는 일을 할 때는 그 점이 플러스가 된다. 일반적 공헌과는 다른 형태로 그럭저럭 많은 사람의 인생(이라고 하면 거창하게 들릴지 모르겠지만)에 나름의 이바지를 하고 있다는 실감이 든다. 앞에서 말한 일명 〈동행〉 같은 의뢰도 그중 하나다. 의뢰인 당사자가 하고 싶은 일에 대해 나는 단순히 곁을 따를 뿐. 거기에 깊은 관여는 요구되지 않으며 개성도 필요 없다. 말하자면 회사원 시절과 지금 사이에 역전된 현상이 일어난 셈이다.

회사에 있으나 없으나 다를 게 없다는 건, 바꿔 말하면 존재감이 없으며 집단에 매몰되어 정체성을 상실한 몰개성 상태다. 그리고 지금 이 활동을 계속해 나갈 수 있는 건 바로 내가 몰개성적이기 때문이다. 한편으로는 모순되지만 〈아무것도 하지 않는 사람〉 이라는 인격을 현재 가지고 있다는 점에서 나는 개성 적이라고도 표현할 수 있다.

그렇다면 〈개성〉이란 대체 무엇인가.

개성이라고 한마디로 말해도 크게는 얼굴이나 몸, 목소리 등 선천적으로 지닌 자질과 의사소통 능력이 나 특기 등 후천적으로 생긴 것으로 나눌 수 있다. 〈개 성적으로 생겼네〉라고 하면 외모가 특징적인 듯해 칭 찬으로 들리지 않지만, 개성 자체는 상대의 캐릭터를 형성하는 것으로서 대개는 호의적으로 받아들여진 다. 하지만 곰곰이 생각해 보면 그건 참 막연하고 추 상적이다. 〈유일무이한 개성〉이라고 하듯이, 남과 비 교해야만 성립하는, 집단 속에서 처음으로 생겨나는 상대적 평가에 지나지 않는다고 생각한다.

내가 〈아무것도 하지 않는 사람〉 일을 할 때는 개성 이 요구되지 않는다. 예를 들어 첫 의뢰는 〈풍선을 들 고 그냥 걸어 주기 바란다〉는 내용이었다.

✉

안녕하세요, 트위터를 보고 DM 드립니다. 지금부터 한 시간 뒤쯤 고쿠분지역에서 만나 같이 걸으면서 제가 그 모습을 사진으로 담아도 될까요. 시간은 두세 시간 정도, 아니면 질릴 때까지라도 좋아요. 풍선을 드는 것 외에 걷거나 얘기하거나 서 있거나 해주면 됩니다. 그것 말고는 아무것도 하지 않아도 돼요.

✎

첫 의뢰인은 내게 풍선을 들려서 사진을 찍은 뒤 인스타그램에 올리고 싶다고 했다. 고쿠분지역에서 역 하나 차이인 니시고쿠분지역까지 풍선을 들고 걷는 게 즐거웠다. 풍선을 든 채 퇴근 시간 전철을 탔더니 사람들이 짜증을 낸 것도 재미있었다.

만일 이때 내가 굉장히 개성적 인간이었다면 이 의뢰는 성립하지 않거나 의뢰인의 뜻에 맞지 않았을지도 모른다. 이건 의뢰인이 다니던 학교의 졸업 작품으로, 이 의뢰에서 주역은 〈풍선〉이었다. 주역인 풍선을 잡아먹지 않을 정도로 어디에나 있을 법한 익명성 높은 남성이기에 〈풍선을 가지고 걷는 사람〉이 될 수 있었던 게 아닐까.

익명성을 기대했던 것으로 여겨지는 경우로 〈같이 스티커 사진을 찍자〉는 의뢰가 있었다. 스티커 사진을 찍어 본 적도 적고 요즘 스티커 사진이 어떻게 되어 있는지도 잘 모르는 나는 무엇을 어떻게 하면 되는지 모르고 허둥댈 따름이었다. 기계 화면에 표시된 〈둘이서 하트를 만들라〉는 지시에 깜짝 놀라 한 손으로 하트 모양 절반을 만들려고 했더니, 의뢰인이 〈그런 건 됐어요〉 하고 거절했다. 아마 배경처럼 찍히는 게 정답이었나 보다. 그래도 이 의뢰 자체는 그렇게 허둥댔던 것까지 모두 굉장히 즐거웠다.

✎

얼마 전 의뢰인과 만나기로 했다가 사람을 잘못 짚었다(화려한 롱 스커트 차림이라고 해서 그렇게 입은 사람에게 말을 걸었는데 아니었다. 그분은 스르르 떠나 버렸다). 처음 대면할 때는 언제나 〈아무것도 하지 않는 사람입니다〉 하고 말을 거는데, 그분은 느닷없이 모르는 남자가 〈아무것도 하지 않는 사람입니다〉 하

고 말을 걸어서 얼마나 무서웠을까.

　내 옷차림은 기본적으로 위는 무늬 없는 티셔츠나 후드 집업, 아래는 청바지나 면바지 같은 자기주장이 거의 없는 무색의 차림새다. 굳이 특징을 하나 들자면 언제나 꼭 워크 캡을 쓰고 있다는 점이다. 이렇게 모자를 쓴 스타일은 나중에 든 생각이지만 전형적인 〈업자 느낌〉을 풍겨서 편리한 점이 많다.

　애초에 나는 모자를 거의 쓰지 않았다. 모자를 쓰게 된 것은 마침 〈아무것도 하지 않는 사람〉 대여 서비스를 시작하기 약 1개월 전인 2018년 5월부터다. 어째서 갑자기 모자를 쓰기 시작했느냐 하면, 문득 〈살면서 한 번쯤 모자를 써보고 싶다〉고 생각했기 때문이다. 그래서 훌쩍 기치조지에 가서, 훌쩍 들어간 모자 가게에서 〈처음 사봐요〉 하고 점원에게 밝히고 쓰기 좋은 모자를 추천받은 것이 지금 쓰는 타입이었다.

　그렇게 산 모자를 그대로 쓰고 돌아가는데, 그때까지는 사람이 많아서 불편했던 기치조지 거리가 꽤 걷기 쉬운 것처럼 느껴졌다. 이유 중 하나는 남들 눈을 신경 쓰지 않게 되었기 때문이다. 시야 윗부분이 모자챙에 가려진 것만으로 어쩐지 타인의 시선이 차단된 기분이 들었다. 물론 기치조지의 인파 속에서 굳이 나에게 시선을 향하는 사람은 없다는 건 잘 알고 있지만 자의식이라는 건 뜻대로 되지 않는 법이다. 또 하나는, 시야가 좁아진 만큼 내성적으로 된다고 하면 좋을까, 마치 자기 세계에 틀어박힌 기분이 들기 때문이다.

아무튼 모자를 쓰면서 남들 눈을 신경 쓰지 않고 길을 걸을 수 있게 되고, 또 자기 성찰을 하기 쉬워지면서 자신의 욕망에 충실해졌다고 하면 좋으려나. 〈아무것도 하고 싶지 않다는 마음을 똑바로 바라볼 수 있게 되었다〉고 하면 과언일지 모르지만, 기치조지에서 모자를 사고 얼마 안 있어 〈아무것도 하지 않는 사람〉이라는 아이디어를 떠올리게 된 것을 생각하면 아예 관계가 없지는 않다. 완전히 나중에 갖다 붙인 이유이지만, 남의 눈을 신경 쓰지 않게 되었을 뿐 아니라 남에게 어떻게 보이는지 신경 쓰지 않게 된 덕분에 하나의 행동을 일으킬 수 있었다. 덧붙여 그 모자를 사러 우연히 들어간 가게의 이름이 〈모자 가게 무(無)〉*였다는 점도 어

• 오사카에 본점이 있는 모자 체인점으로 도쿄에는 〈기치조지 살롱점〉만 있다. 니트 모자부터 중절모까지 다양한 종류를 판매하며, 정확한 이름은 〈숍무(Shop無)〉이다.

쩐지 운명처럼 느껴진다.

　일을 시작한 뒤로도 이 모자가 생각보다 많은 도움이 되었다. 비바람과 추위를 막아 주거나 뻗친 머리를 가리는 실용적인 면은 물론이요, 의뢰인을 만날 때 상대방이 알아보기도 쉽고, 무엇보다 유용했던 것이 처음에 말한 〈업자 느낌〉이다.

　모자를 착용하고 일하는 가장 친근한 직업 중 하나는 유니폼에 모자가 포함된 택배 기사가 아닐까. 그러니까 내가 모자를 쓴 덕분에 의뢰인은 택배를 수령하는 행위의 연장선 같은 편안한 마음으로 접하기 좋다고 해석한다. 그리고 의뢰인 역시 〈아, 업자가 왔다〉는 기분이 들면 뭔가 공식적 느낌이 생기기도 하고, 사무적으로 대해도 서로 괜찮은 분위기가 만들어지기도 쉽다. 그것은 나한테도 바람직하다. 완전한 남이지만, 마치 거기에 매뉴얼이 있는 것처럼 필요 최소한의 의사소통을 하면 족하고, 일이 끝나면 업자는 알아서 돌아가는 식이다. 이것은 내가 맨 처음 산 모자가 중절모도 니트 모자도 야구 모자도 아닌 워크 캡이었던 덕도 있다.

　당연히 나로서도 모자로 의뢰인의 시선을 차단할

수 있다는(차단하고 있다고 생각할 수 있다는) 효과
도 생긴다. 조금 실례되는 얘기일지 모르지만, 그래서
나는 의뢰인과 처음 인사를 할 때도 모자를 벗지 않는
다. 이제는 남들 앞에서 모자를 벗으면 조금 창피하게
느껴질 정도로 모자에 의존하고 있다.

의뢰 그 자체와는 직접적으로 상관없는 부분에서
개성 비슷한 것을 환영받는 일이 가끔 있다. 예를 들
면 〈같이 프로 야구 시합을 보러 가자〉는 의뢰 때, 시
합이 시작되기 전까지 시간을 때울 셈으로 카페에 들
어갔는데 거기서 의뢰인이 〈수학 얘기〉를 해달라고
말했다. 나는 내가 아는 얘기를 하는 것은 〈간단한 응
답〉 범주에 든다고 생각하기에 눈앞에 놓인 홍차와
연관 지어 카디오이드* 얘기(홍차 표면에 조명이 닿았
을 때 보이는 곡선은 이런 수식으로 나타낼 수 있어요
등등)로 시작해서 주절주절 수학과 물리에 대해 말했
다. 그러자 그게 재미있었는지 〈야구 시합은 됐으니
계속 얘기를 해달라〉고 연장 요청을 받았고, 결국 할

• 평면에서 한 원을 반지름의 길이가 같은 고정된 원의 둘레에 따라
회전하면서 그릴 때, 굴리는 점이 그리는 자취로 심장 모양과 같은 곡선
이 된다.

얘기가 다 떨어지고 나서야 구장에 갔다. 덕분에 시합은 반쯤 놓치고 말았지만, 그래도 어쨌든 같이 시합을 보러 가는 일도 완료할 수 있었다.

다만 내가 〈○○를 할 수 있다〉 혹은 〈××를 잘 안다〉 등 그런 플러스가 되는 개성 ― 쓸 만한 능력이라고 해도 좋을지도 ― 을 가지고 있다고 상대가 인식하거나 오해하면 얘기가 달라진다. 괜히 기대했다가 실제로 만나 본 뒤 그렇지도 않더라, 딱히 재밌는 건 아니더라, 하는 평가가 발생한다. 어떤 특성이 부여되면 〈생각했던 것과 같지 않다〉고 실망하는 사람도 생기기 마련이라, 〈아무것도 하지 않는 사람〉으로서 어디까지나 플러스마이너스가 아닌 스펙 제로 상태를 지키고 싶은 게 솔직한 심정이다.

어렸을 적 개성과 어른의 개성은 무엇이 다른 걸까.

✉

아무것도 님, 안녕하세요! 갑자기 죄송한데 오늘 의뢰가 가능할까요? 카페에서 같이 크림소다를 마시면 좋겠어요. 장소는 시부야역 근처로 잡을까 생각 중입니다.

이 의뢰인은 남성분. 갑작스러운 의뢰였으나 갑자기 크림소다가 마시고 싶어진 게 아니라 평소 늘 마시고 싶었다고 한다. 나도 남자 혼자 카페에 들어갔을 때 크림소다를 주문하기 힘든 마음을 이해할 수 있어서 가타부타 말없이 의뢰를 받아 그날은 둘이서 당당하게 크림소다를 즐겼다.

하지만 이 의뢰로 인해 〈아무것도 하지 않는 사람은 크림소다를 좋아한다〉는 특성이 부여된 모양이다. 그 뒤로 의뢰인들이 크림소다를 계속 사주었다. 아니, 정확히는 내 쪽에서 기대에 부응하고자 그런 모습을 연출해 버린 듯하다. 크림소다를 마시고 있다는 트윗을 연이어 올렸으니까. 당연히 날이 갈수록 질려서 〈크림소다는 싫증이 나서 지금은 레몬스퀴시를 잘 마신다〉 같은 글을 일부러 올려서 크림소다 이미지를 지워 보려고도 했다. 그런 변화를 올리는 것도 인간답지 않은가, 인간적이라 보기 좋지 않은가, 하는 생각도 한다.

되도록 특징이 없는 몰개성적 인간으로 있는 편이 〈아무것도 하지 않기〉에 적합한 한편으로, 너무 개성이 없으면 그건 그것대로 강렬한 개성이 된다. 그러니까 어딘가에 흔들림이나 노이즈 같은 게 약간 섞이는 편이 편하기도 하고, 나로서도 완벽한 몰개성 인간이 되려고 의식하면 스트레스를 받기 때문에, 그런 의미에서 어떤 변화를 보이거나 간혹 거친 말을 뱉음으로써 특징의 고정화를 피함과 동시에 스트레스를 해소하고 있다. 좀 더 전략적으로 표현하자면 〈아무것도 하지 않는 사람〉의 대여 서비스 내용이 처음과 비교해 미묘하게 바뀐 것을 상징하는 것처럼, 크림소다에서 레몬스쿼시로 갈아타거나 모자나 외투가 바뀐 얘기도 적극적으로 알리려고 한다.

✉️

재판 방청만 부탁드리고 싶어 연락드려요. 도쿄 지방 재판소입니다. 덧붙이자면 민사 소송이며 피고는 도쿄 대학입니다. 그럼 답장 기다리겠습니다.

✏️

〈재판을 방청하러 와달라〉는 의뢰로 원고는 의뢰인, 피고는 도쿄 대학. 석사 과정을 수료하기 직전에 교수로부터 〈진학하지 말아라〉는 말과 함께 박사 과정

진학을 방해받았다. 이른바 교수 갑질 소송 건이었다. 힘든 상대와의 대면에 있어서 방청석에 한 명이라도 사정을 알아주는 사람이 있으면 든든하겠다고 했다.

〈아무것도 하지 않는 사람〉이기 위해 나는 특별히 개성을 드러낼 필요가 없으며 하려고 생각도 하지 않는다. 하지만 그런 나에게도 개성이나 나 자신다움과 마주해야만 했던 시기가 있다. 바로 취업 활동을 했을 때다. 이력서를 쓰거나 회사에 면접을 보러 갈 때, 이른바 자기 어필을 하기 위해서는 나의 장점을 파악해서 말로 표현할 필요가 있었다.

나는 대학원에 다닐 때 친구가 별로 없어서 이력서는 혼자서 어렵게 관련 서적을 보면서 작성했다. 그때 했던 자신의 장점을 써 내려가는 작업이 정말이지 기분 나빴다. 자기 자신을 마구 칭찬하는 사람을 상상해 보라. 기분 나쁘지 않은가. 하지만 그 기분 나쁜 짓을 하지 않으면 취직이 안 되니 견디는 수밖에 없다. 확실히 자신의 좋은 점을 찾아서 그것을 개성이나 강점으로 삼아 나답게 일하고 나밖에 할 수 없는 일을 하는 게 정답이라고, 그것이 사회생활을 해나가는 동기가 된다고 주장하는 TV 광고나 인터넷 취업/이직 사이트는 많이 있다. 하지만 그게 다 사실일까.

그때 내가 이력서에 뭐라고 적었는지 구체적 내용은 거의 기억나지 않지만, 연구실에서 해온 일 등을 바탕으로 〈발상을 현실에 구현하는 데에 능하다〉 같은 문장을 쥐어짜서, 아니, 날조하여 듣기 좋은 말로 포장해 얼버무린 기분이 든다. 덧붙여 면접 연습은 지금의 아내인 여자 친구에게 면접관 역을 부탁했었는데, 정말이지 취업에 관한 모든 것이 싫어서 견딜 수가 없었다. 지금 떠올리면 취업 중에는 거짓말도 참 많이 해야 했다. 이렇게 말하면 마치 내가 피해자 같지만……

조금 전에 〈○○를 할 수 있다〉처럼 뭔가를 가능케 하는 능력을 개성으로 간주받고 싶지 않다는 뜻으로 말했는데, 이와 비슷한 생각을 취업 중에도 했었다.

과장해서 말하면 〈아무것도 하지 않는 사람〉의 활동 이념이라고도 할 수 있는데, 나는 현재 다른 사람이나 사회에 뭔가 도움을 줄 수 있는 사람이 아니어도, 그러니까 아무 능력이 없는 사람이라도 스트레스를 받지 않고 살아갈 수 있는 세상이 되었으면 좋겠다고 제법 진지하게 생각하고 있다. 그것은 내가 체감하는 사람의 가치와, 사회에서 그 사람을 가늠하는 가치 사이에 갭이 있는 것처럼 느끼기 때문이다.

잠깐 내 얘기를 하겠다.

나에게는 형과 누나가 있다. 정확하게는 절반은 있었다고 해야 할지도 모른다. 맏이인 형은 대학 입시에 실패하고 좌절한 것이 계기가 되어 건강을 망가뜨리고 우울증에 걸렸는데 그 뒤로 한 번도 사회에 나가 일을 하지 않은 채 현재 마흔 살을 맞이했다. 누나는 어떤가 하면, 취업에 몹시 고생했으나 바라는 결과를 얻지 못하고 그것이 마음에 큰 부담이 되어 스스로 목숨을 끊었다.

입시나 취업 실패는 원인 그 자체가 아니라 어떤 기세를 가속하는, 혹은 쇠퇴시키는 방아쇠의 하나에 지나지 않았을지도 모른다. 또 두 사람의 상태가 나빠진 그 시기가 인생에서 복합적으로 많은 스트레스를 받을 나이였는지도 모른다.

어느 쪽이 됐건 그 사건들을 겪었을 때 나는 학생이었는데, 내 가족인 형이나 누나의 가치라는 것이 세상의 어떤 목적으로 인해 일그러지고 손상된 것처럼 느꼈다. 그들이 사회에 대해 눈에 보이는 생산성이 있었는지 묻는다면 아니라고 해야 할 것이다. 우리 세 남매는 다행히 어렸을 적부터 큰 고생 없이 비교적 태평하게 자랐고, 그래서인지 세상이 바라는 능력에 무관심한 면이 있었다. 그러면 사회에 나가려고 할 때 남들보다 배로 노력해야 한다.

사회인으로서 누나의 스펙은 그녀가 지원한 회사가 바라는 것이 아니었지만, 나에게 있어서 누나는 그저 존재하는 것만으로도 가치가 있었다. 그런 갭은 사회적 척도로 잰 아무 능력이 없는 사람에게는 어마어마한 스트레스가 된다. 나는 세상에 맞추려고 하면서 생겨나는 그런 스트레스로 사람이 죽는 것을, 혹은 본인이 갖춘 힘이 점점 약해져 가는 모습을 목격했다.

그런 의미에서도 나 자신이 굳이 〈○○를 할 수 있다〉 같은 표명은 굳이 하지 않으려고 한다. 〈무엇 무엇을 할 수 있습니다〉라고 세상의 가치에 질질 끌리듯 어필을 하기 시작하면 그것 자체의 가치와 간극이 생겨난다. 〈뭔가 할 수 있어서 가치가 있다〉는 식으로 기존 가치에 끼워 맞춰지고 만다. 그러므로 나는 아무것도 하지 않는다.

✉

오늘 열 번째 직종의 아르바이트를 그만뒀습니다. 나는 그냥 사회에 나가면 안 되는 게 아닌가, 하는 어두운 생각에 자꾸 빠져들려고 해서, 이것을 기념하기 위해 처음 아르바이트를 했던 패스트푸드점에 가서 햄버거를 같이 먹어 준다면 좋겠어요.

✎

〈열 번째 직종의 아르바이트를 그만둔 기념으로 첫 아르바이트 장소에서 햄버거를 같이 먹어 달라〉는 의뢰였다. 이제 사회생활을 하지 못하는 게 아닐까, 하는 비관적 사고를 지워 버리고 싶다고 했다. 둘이서 햄버거를 먹는 내내 지금까지 해온 아르바이트 얘기를 들었다. 함께 있는 내내 점원을 보는 눈이 애잔했다.

애초에 나는 〈할 수 있는 일〉보다 〈못 하는 일〉, 〈흥미가 있다〉보다 〈관심이 없다〉, 〈즐겁다〉보다 〈괴롭다〉에, 〈나는 이것을 할 수 없다〉라거나 〈이것은 하고 싫지 않다〉라는, 이른바 소거법으로 내 삶을 선택해 왔다. 내가 허용할 수 있는 것과의 경계에 선을 그으면서 나라는 존재의 윤곽이 명확해지고 진심이 드러났다.

카페에서 레몬스쿼시를 주문하게 된 것도 〈레몬스쿼시를 마시고 싶어서〉라기보다 〈크림소다에 질려서〉라는 이유에서다. 부정적 조건을 도마 위에 올림으로써 내 인생(이라는 말을 쓰기는 역시 과장되지만)이 설계되어 간다. 그렇게 해서 미지의 가능성이 움틀 싹을 하나씩 뽑아내, 하지 못하거나 하기 싫은 일에서 계속 도망친 결과 〈아무것도 하지 않고 살아간다〉는 길에 도달할 수 있었다. 적어도 현재 시점에서는……

대체 세상에 얼마만큼의 사람들이 〈자기답다〉는 연장선 끝에서 하고 싶은 일을 꿈꾸고, 사회에 공헌하고 있을까. 아무것도 없다면, 거기에서 자신의 꿈이나 하고 싶은 일을 아무리 쥐어짜도 좋은 결과는 얻을 수 없지 않은가. 거기에 대한 〈못 한다〉, 〈하기 싫다〉라는 거부 반응은 거의 직감에 가깝다. 바꿔 말하면 생리적 반응이다. 나는 거기에 따르는 편이 정직한 삶으로 이어진다고 생각한다. 어떤 것이 좋고 나쁘다고 생각하거나, 어떤 요건을 승낙하고 말고 판단하는 기준은 아예 생리적 반응이 전부라고 해도 좋을지 모른다. 〈아무것도 하지 않는 사람〉의 의뢰도 거의 생리적 반응이나 직감으로 받고 말고를 결정하는 구석이 있고, 그런 생리적 반응이나 직감이 가장 잘 발휘될 때는 역시 자신이 싫어하는 것에 직면했을 때다. 그렇게 싫은 것에서 눈을 돌리는 나에 대해 트위터에 적으면서, 〈나는 이런 것이 싫다〉고 표명함으로써 〈나는 이런 사람이다〉는 개성이 부각되어 가는 느낌도 든다.

만화 『원피스』의 주인공 몽키 D. 루피의 대사 중에 〈무엇을 싫어하는지보다 무엇을 좋아하는지로 자신을 말하라고!〉가 있다.

일반적으로 명언이라고 알려졌지만, 나는 이 대사가 아주 싫다. 이런 말을 하는 사람과는 생리적으로 맞지 않는다. 〈무엇을 싫어하는지〉로 자기를 말하면 어떻단 말인가. 오히려 〈무엇을 좋아하는지〉로 자기를 말하는 사람의 얘기는 어딘가 막연하고 시시한 경우가 많고, 또 〈좋다〉를 어필함으로써 자기를 꾸미는 것처럼 보이기도 한다. 그보다는 뭘 싫어하는지 확실히 말할 수 있는 사람의 얘기가 구체적이고 재미있으며, 그리고 그 사람은 분명 정직할 것이다. 혹은 성실하다고 해도 좋지 않을까.

✎

회사 신년회에 대비해 남과 함께 밥 먹기 연습을 하고 싶으니 식사에 동석해 달라는 의뢰가 들어왔다. 낯가림이 극도로 심한 사람인가 했더니 〈회식 공포증〉이라는 질병으로, 특정한 사람을 제외하고 다른 사람과 함께 식사하면 구역질 등 이상 증세가 나타나는 모양이다. 동료가 같이 식사하자고 권할 때 거절할 이유도 이제 다 떨어져 간다는 게 힘들어 보였다.

✉

오늘 불안해서 미칠 것 같았던 신년회를 무사히 마쳤습니다. 지금 돌아가는 길이에요. 지난번 아무것도님께 부탁한 후에 상사에게 회식 공포증을 털어놓을 수 있었어요. 덕분에 식당을 고르거나 할 때도 많이 배려해 준답니다.

회식 공포증 의뢰인에게서 무사히 신년회를 마쳤노라는 보고가 있었다. 나에게 우선 털어놓음으로써 주위에 털어놓기가 편해져서 덕분에 여러모로 배려를 받았던 모양이다. 〈그 트윗 후에 같은 고민을 한 분들이 차례차례 나타나 마음이 조금 편해졌다〉고도 했다. 트위터상의 반향을 포함해 효과를 발휘한 대여 서비스였다.

소거법으로 살아감으로써 나의 가능성을 나 스스로 좁히는 것이 아닌가 하는 지적도 당연히 있을 테다. 하지만 내가 〈아무것도 하지 않는 사람〉 서비스를 시작하기 전에 가능성을 지운 것은, 가능성이 너무 크다는 사실을 깨달았기 때문이다. 지금 생각해 보면, 가능성 있는(있다고 착각하고 있었던) 것에 곧잘 현혹되었다. 내가 할 수 있는 일은 거의 없는데, 이건 할 수 있을지 몰라, 저것도 할 수 있을지 몰라, 하고 이런저런 생각을 하는 바람에 내가 무엇을 하면 좋을지, 내 적성에 무엇이 맞을지 몰랐다. 따라서 가능성을 좁힐수록 내가 어떻게 하고 싶은지 알 수 있었고, 그것이 심화하여 〈아무것도 하지 않는〉 것밖에 못 한다는 결론에 다다를 수 있었다. 요즘은 이 〈아무것도 하지 않는〉 일을 하고 있으면 다른 사람과의 사이에 어긋나는 일도 없고, 스스로 재미있게 생각할 수 있어서 살아가기 아주 편하다.

그런 식으로 가능성을 잘라 내기까지 나는 어떤 가능성을 안고 있었는가.

대학원생 시절에는 연구자가 되거나 회사에서 열심히 일해서 출세하거나 개인 시간에 쓴 소설로 문학상을 받거나 또 당시 기발한 말장난을 떠올리는 게 취미였기에 경연 대회에 나가 스타가 되거나 등등 온갖 허황한 꿈을 꿨다. 그 가운데서도 가장 가능성이 높았던 것은 〈연구자가 된다〉였다.

나는 대학에서 물리학을 전공한 뒤, 그대로 대학원에 진학해 이학연구과의 우주 지구과학을 전공하는 이론 물질학 그룹에 소속되어 지진에 관한 연구를 했다. 구체적으로는 프로그래밍으로 지진 시뮬레이션 — 모의로 지진을 일으켜 빈도나 주기에 어떤 경향이 있는지를 통계적으로 분석하는 연구 — 을 했다. 하지만 어떤 접근법을 취해도 또 아무리 논문을 읽어 봐도 내가 연구로 언젠가 지진을 예지할 수 있게 되리라는 생각이 도저히 들지 않았다. 그래서 연구하는 데에 있어서 동기 부여가 이루어지지 않았다. 또 지진을 예지하지 못한다면 언제 죽어도 이상하지 않은 게 아닐까, 하는 생각이 고개를 치켜들었다. 모두가 막연하게 비슷한 불안을 느끼겠지만, 그게 남들보다 조금 크고 구체적이었던 것 같다.

그러는 사이에 장래를 선택할 시기가 찾아왔다. 연구자가 되려면 그대로 대학원에 남을 필요가 있었다. 하지만 대학원에는 나보다 우수한 사람이 수두룩하게 있다는 것을 알게 되었고, 연구에 대한 정열은 불타오르지 않았고…… 이렇게 가능성을 지울 이유가 얼마든지 있었다. 그리고 그러한 거부 반응, 생리적 혐오감이나 당혹감을 극복하면서까지 연구자가 되고 싶다는 생각이 들지 않았다. 나는 그런 사람인 것이다.

✉

안녕하세요. 사적인 얘기지만 이달 말 이혼하게 되어 이번 일요일에 아내가 집을 나가게 되었습니다. 기념으로 그다음 날 소바를 먹고 싶은데, 고쿠분지역 앞에

✎

〈아내가 집을 나간 다음 날에 기념으로 소바를 같이 먹자〉는 의뢰. 지난번 다른 사람의 〈이혼 신청서 제출 동행〉 의뢰를 보고, 그도 인생의 중대한 시기를 긍정적으로 넘기고 싶었다고. 후지 소바의 경영 방침이 친화적이라 이런 날이면 가고 싶어진다고도 했다.• 소바를 다 먹은 뒤, 그는 조용히 〈딱 평소 그 맛이야〉 하고 읊조렸다.

나는 지금 〈아무것도 하지 않는 사람〉이라는 직업에 만족하고 있다. 그 말은 곧 나에게 이 일이 잘 맞는다는 얘기다. 하나 이유를 들자면, 나는 거기 있으나 없으나 다를 것이 없는 무난한 인간으로, 만화나 애니메이션을 예로 들자면 모브 캐릭터(수많은 엑스트라 캐릭터) 같은 몰개성적이기 때문이라는 분석이 일단은 가능하다. 생김새도 역시 무난하다. 내 입으로 말

• 주로 역 앞에 자리한 체인점으로 저렴하고 간편하게 메밀국수를 서서 먹을 수 있는 곳이다. 24시간 문을 열어 도쿄 시민들에게 인기가 높다.

하기 뭐하지만 잘생기지도 못생기지도 않았고, 위압감이나 지저분한 인상도 주지 않는 중립적 생김새가 아닌가 싶다.

또 하나 이유를 든다면 내가 호기심을 가진 인간이기 때문이다. 그렇다, 호기심이 〈강하다〉가 아니라 그냥 〈있다〉다. 혹은 호기심을 향하는 대상이 얕으면서 넓다고도 할 수 있다. 일반적으로 마니아나 오타쿠로 불리는 사람은 어느 특정 분야나 작품에 깊이 푹 빠져서 거기에 막대한 돈을 투하하고 에너지도 쏟는다. 나에게 대여 의뢰를 하는 사람 중에도 그런 사람이 적잖게 있었는데, 이벤트에 동행하거나 얘기를 들어주려고 만나면 그들에게서 어마어마한 에너지를 느꼈다. 한편 나는 누가 취미는 뭐냐고 물으면 대답을 어물거릴 정도로 특정한 무언가에 집착하는 게 없다. 그 대신 비교적 무엇이나 흥미롭다. 그래서 앞 장에서 언급한 〈아이 엠 스타!〉라는 생판 모르는 작품의 게임 대회에 나가는 것도, 질릴 수는 있어도 나가는 일 자체가 괴롭지는 않았다.

여기까지 얘기해 온 대로 나부터 일반적 사회 공헌도가 극도로 낮은, 〈아무것도 하지 않는〉 것을 생업으

로 하는 인간이라 다음과 같은 의뢰도 전혀 거북하지
않았다.

✉

처음 뵙겠습니다. 최근 카페를 시작했어요. 영업시간
이 오전 11시부터 오후 4시인데 11시에 오는 손님이 거
의 없어서 오픈 준비를 할 마음이 들지가 않아요. 그래
서 그런데 11시에 와서 대충 한 시간 정도 조용히 차를
마시고 가는 일을 의뢰할 수 있을까요. 잘 부탁드립니
다. 장소는 신주쿠예요. 맛있는 차나 커피를 드릴게요.

사람에 따라서는 〈장사한다는 사람이 그러면 쓰
나〉라고 생각할지 모르지만, 나는 그 마음이 무척이
나 이해됐다. 손님도 안 오는데 가게를 열 마음이 안
드는 건 당연하지, 하고. 나도 아침에 잘 일어나지 못
하는 편이고 회사원이었을 때는 출근해서 한참 동안
은 아무것도 하고 싶지 않은 게 일상다반사였기에 좋
은 의뢰라고 생각했다.

당일은 카페가 문을 열기 5분 전까지도 입구에 셔
터가 단단히 내려져 있어서 꽤 불안했지만, 2분 전이

되자 주인이 종종걸음으로 걸어와서 〈진지한 의뢰가 맞았구나〉 하고 안심했다. 하지만 11시가 조금 지나 카페를 열자 어째서인지 그날은 문을 연 직후부터 몇 명인가 손님이 들어와서 어라? 이게 아닌데, 하는 상황에 부닥쳤다. 그 결과, 〈아무것도 하지 않는 사람〉의 존재 의의가 사라져버린 것을 다소 아쉬워하면서 카페라테를 홀짝거렸다.

✉️

안녕하세요, 갑자기 남에게 돈을 주고 싶어져서 그런데 아마존 기프트 카드를 보내도 괜찮을까요?

✏️

안녕하세요, 좋습니다.

✉️

감사합니다.

✏️

감사합니다!!!!!

✎

〈갑자기 남에게 돈을 주고 싶어졌는데 기프트 카드를 보내도 괜찮겠는가?〉라는 의뢰. 당연히 넙죽 받아들였더니 5천 엔짜리 카드가 와서 느낌표를 다섯 개나 붙여 버렸다. 연초부터 영문을 알 수 없는 흐름이 이어지고 있는데 참으로 감사한 일이다.

내가 트위터에서 인간다운 일면을 내비치곤 하면 〈리트윗〉이나 〈좋아요〉가 늘어나는 경향이 있다. 평소에는 담담한 내용만 올리는데 가끔 감정을 드러내거나 거친 말을 하거나 나쁜 의미로 화제가 되거나 하면 〈생각보다 인간적이라 호감이 간다〉는 반응이 돌아온다. 덧붙여 아마존 기프트 카드나 상품권 같은 금품을 받으면 내 트위터가 신이 나는 것도 인간미의 일환으로 받아 주는 눈치다.

그리고 이것을 〈귀엽다〉고 말해 주는 사람들이 제법 있었다. 〈아무것도 하지 않는 사람〉 대여 서비스는 완전히 무상이기에 팔로하는 사람들에게는 내가 돈에 집착하지 않는 사람으로 보였어도 이상할 게 없다. 돈에 관한 일은 다른 장에서 자세히 얘기하겠지만, 세상에 돈을 마다하는 사람은 없다. 그러한 진심이 불쑥 튀어 나가면서 아, 이 사람 봇(프로그램을 이용해 자동으로 트위터에 글을 쓰는 시스템)이 아니구나, 실제 사람이구나, 하고 작은 자극이 된지도 모른다. 개성이 부여되는 것을 의식적으로 피하는 한편으로 아무리 해도 새어 나가게 되는 진심이 브랜딩으로 이어진 것 같다. 그건 그것 나름대로 감사하다.

이렇다 할 특기도 능력도 없는 내가 〈아무것도 하지 않는 사람〉이라는 서비스에 소질이 있는 이유로, 외적 요인이지만 아내와 자식이 있다는 점도 큰 것 같다. 의뢰인으로서는 가정을 둔 사람이니 이상한 짓은 하지 않겠지, 위험한 사람은 아닐 거야, 하고 안심이 되는 모양이다. 실제로 그렇게 말해 주는 의뢰인도 있었고 나 자신도 정기적으로 〈아내와 자식을 둔 서른다섯 살〉이라는 정보를 트위터에 올리곤 한다.

일을 시작한 초기에는 혹시 이상한 일에 휘말리지 않으려나 걱정했는데 다행히 그런 적은 한 번도 없었다. 딱 한 번, 갑자기 〈섹스하자〉며 DM을 보낸 사람이 있어서 내가 〈불륜 행위는 거절한다〉고 답장을 보냈더니 〈그럼 아무것도 안 하지 말고 일을 해, 바보야!〉 하고 설교하는 말을 보내와서 아리송한 적은 있다.

덧붙이자면, 자위행위를 봐달라 같은 의뢰가 올 거라 조금 예상했는데 아직까지는 없었다. 다만, 〈온라인에서 알게 된 사람과 만나 섹스하는 현장을 봐달라〉는 의뢰가 있었다. 〈아무것도 하지 않는다〉는 관점에서 보면 의뢰 자체는 괜찮지만 내용이 내용인지라 아내에게 물어본 결과 〈기분 나쁘니까 받지 마!〉라고 해서 거절했다.

✎

요전에 〈아무것도 하지 않는 사람〉을 오마주해서 〈아무거나 다 하는 사람〉이라는 이름으로 활동하는 사람을 만났는데 일용직 아르바이트 의뢰밖에 오지 않아 금방 접었다고 한다.

내가 2018년 6월에 이 서비스를 시작한 직후부터, 트위터상에서 유사 대여 서비스를 시작하는 〈○○ 하는 사람〉 같은 계정이 생겼다가 없어졌다 하기를 거듭하고 있다. 그 좋은 예가 〈경청〉이나 〈얘기를 잘 들어준다〉를 어필하며 남의 얘기를 부정하지 않고 들어준다는 서비스다. 나를 모방하는 사람(원래대로라면 〈폴로어〉라는 표현을 쓰고 싶지만 그러면 트위터 폴로어와 헷갈릴 염려가 있어서)이 나타난 자체는 흥미로웠으나 한편으로 위화감도 들었다. 그것을 구태여 말로 하자면 〈뭔가 좋은 일을 한다는 건가?〉 같은 감정이다. 다른 식으로 표현하자면 살짝 위선적이고 어딘가 강압적인 인상이다. 아내에게 〈얘기를 잘 들어준다〉를 표방하는 계정이 있다는 얘기를 했더니, 〈자기 입으로 얘기를 잘 들어준다고 하는 사람은 어쩐지 꺼림칙하다〉고 말했다. 나도 대체로 동의하는 부분이다.

　게다가 지금 나는 〈나를 모방하는 사람〉이라고 했지만 〈제가 들어주겠다〉는 저 능동적 자세는 사실 〈아무것도 하지 않는 사람〉의 그것과 양립할 수 없는 데다가 〈듣는다〉는 시점에서 이미 〈뭔가 하는 것〉이다. 거기에는 내가 〈아무것도 하지 않는다〉는 제로의 영역을 먼저 차지했으니 따라 하고 싶어도 그 점에 변경을 가해야 한다는 까닭도 있다. 하지만 뭔가 서비스를 부가한 시점에서, 〈아무것도 하지 않는다〉와는 완전히 별개다. 세상 어떤 서비스나 일은 전부 〈뭔가를 하는〉 것이 전제되기에, 그것을 뒤엎었다는 점에서 〈아무것도 하지 않는 사람〉의 기발함이 있었던 건데 말이다.

나의 아무것도 하지 않는 활동 중 〈얘기를 듣는다〉의 수요는 그런대로 높은 편이다. 다만 나는 다소 기술적 표현이지만 아무것도 하지 않는 범주에만 든다면 뭐든지 한다. 얘기를 듣는 일은 그 〈뭐든지〉 중 하나에 지나지 않는다. 그래서 수많은 〈아무것도 하지 않는다〉에서 〈얘기를 듣는다〉만 잘라 낸 〈얘기를 듣기만 하는 사람〉과는 근본적으로 하는 일에 차이가 있다. 그런 의미에서는 사실 모방도 아니다.

개중에는 단순히 〈아무것도 하지 않는〉 것을 답습하는 형태로 흉내 낸 계정도 있었다. 하지만 건방지게 들릴지 몰라도 보기만 해서는 그 계정 뒤의 사람 본인이 매력적인 사람으로 여겨지지 않았다. 무엇보다 재미있는 글을 올리지 않아 매력이 느껴지지 않았고, 따라서 만나 보고 싶다는 생각도 들지 않았다. 반대로 앞서 언급한 〈프로 얻어먹기러〉를 처음 알았을 때는

〈이 사람은 분명 엄청난 체험을 해왔을 거야, 만나 보고 싶다〉는 생각이 자연스레 들었다. 〈프로 얻어먹기러〉 자체가 지금까지 아무도 떠올리지 못한 콘셉트이며, 그것을 실행에 옮길 수 있는 사람이니 평소 말과 행동도 재미있어서 주목받았던 게 분명하다. 나도 따져 보면 〈프로 얻어먹기러〉를 모방한 경우다.

모두가 계속해서 뭔가를 하고 있다. 남들과의 차이에서 이름이 붙여지고 역할이 부여되는 요즘 세상에 아무것도 하지 않던 나에게 상대적으로 개성이 생겨났다. 까다롭기 그지없다.

✉

교회에서 일하고 있는데, 〈아무것도 하지 않는 사람〉님이 언제 한번 일요일 예배에 와줄 수 없을까 생각해서 DM을 드려요. 대부분 사람은 평일에 다른 일을 하거나 학교에 다니느라 일요일에 교회를 찾는데, 저는 직장도 예배 보는 곳도 전부 같은 곳이라 좁은 인간관계에 진저리가 난 참입니다. 평소 쭉 지켜보던 분이 예배에 오신다면 저도 즐거운 하루를 보낼 수 있을 것 같아요……. 오셔서 간단한 대화를 나눠 준다면 저는

〈교회에 예배를 보러 와달라〉는 의뢰. 교회에서 일하느라 직장도 예배 보는 곳도 같은 장소인지라 좁은 인간관계에 진저리가 난 참이라고 했다. 교회 접수처에서 의뢰인이 〈이쪽은 아무것도 하지 않는 사람을 빌려주는 분이다〉라고 소개해 줬는데, 상대방이 〈아무것도 빌리지 않는다고 하지만 성경책은 빌려 드릴게요〉라고 대답한 걸 보니 아무래도 전혀 이해하지 못한 듯하다.

〈아무것도 하지 않는 사람〉의 어느 하루

이런 식으로 아무것도 하지 않는 사람의 하루가 흘러간다.

9:30

약속 장소

시부야역 남쪽 출구 모야이 동상 앞. 대부분이 처음 만나는 경우라 역이나 유명한 건물 앞에서 만나는 일이 많다.

↓

9:45

〈철봉 연습을 보고 있어 달라〉@시부야

이번 해부터 초등학교 교사가 되어 잘하지 못하는 철봉을 체육 시간에 가르치느라 고생 중이라고 했다. 학교에는 다른 선생님들 눈이 있어 공원에서 아이들이 쓰지 않는 틈을 노려 연습했다. 무사히 마친 뒤 옆에 있던 그네를 같이 탔다. 마음이 편해진 눈치였다.

11:00

점심 식사

이날은 다음 의뢰까지 시간이 없어서 트위터 DM에 답장하면서 삼각 김밥으로 가볍게 때웠다.

12:00

후련해졌어요.

〈장래 얘기를 들어 달라〉@아사쿠사바시

음악 업계에 있는 의뢰인으로 현재 선택의 기로에 서 있다고 했다. 〈이직이 많은 동네라 같은 업계 사람에게 말하면 어디가어떻게 연결되어 있을지몰라서〉라고. 〈아무것도 하지 않는 사람〉이 남의 장래에 이래라저래라 할 처지가아니므로 그냥 듣기만 했다.

의뢰 2

14:00

〈같이 꽃놀이하고 도시락을 먹어 달라〉
@히카리가오카

직접 만든 요리를 먹어 달라는 재이용자의 의뢰. 지난번과 마찬가지로 돌아가는 길에 반찬을 받았다. 집에서 맛있게 먹어야지!

의뢰 3

이동 시간에
DM 답장.

의뢰 4

〈참배할 때 함께 있어 달라〉@에비스

일가족이 함께 해외에 나가게 되어 일본에서의 마지막 추억으로 집안의 평안을 기원하러 갈 건데 함께 있어 달라는 의뢰였다. 의뢰인을 지켜본 뒤에 우리 집 평안도 빌었다.

돌아가면 빨래해야지.

18:00

집으로

제3장

거리를 좁히지 않는다

하지만 고립시키지 않는다

✉️

여자 친구가 꽤 재밌는 사람인데, 제 친구들에게는 자랑하기 좀 그래서 아무것도 님이 들어주면 좋겠어요. 얘기를 들으면서 가끔 〈귀여운 분이네요〉 하고 대충 맞장구를 쳐주면 더욱더 기쁘겠습니다.

✏️

함께 사는 연인의 자랑을 들어 달라는 의뢰. 〈재밌는 여자 친구〉라고 했는데 의뢰인도 여성이었다. 동성애자라는 사실을 아는 사람이 주위에 얼마 없는 데다가, 어렵게 밝히고 나서도 상대방이 의도치 않게 지뢰를 밟는 경우가 있어서 말할 수 없다고 했다. 〈아무것

**도 하지 않는 사람〉은 지뢰를 밟지 않을 것 같다며 의
뢰를 보냈다.**

〈아무것도 하지 않는 사람〉 대여 일을 시작한 뒤로,
세상에는 하고 싶어도 하지 못하는 얘기가 이렇게나
많구나, 하고 놀랐다. 원래대로라면 전철 맞은편 자리
사람이나 거리에서 스쳐 지나가는 사람 정도의 접점
밖에 없었을 사람이 나와 행동을 함께하는 사이에 이
처럼 깊은 얘기를 들려주곤 한다.

제1장에서 의뢰 중에는 〈얘기를 들어 달라〉는 내용
이 많다고 잠깐 얘기했다. 그런 자리에서 나는 거의
맞장구밖에 치지 않는다는 것도. 이건 얘기를 들어 달
라는 의뢰에만 한한 일이 아니지만, 나를 대여해서 좋
아하는 밴드 공연에 가거나 물건 구경을 다니거나 노
래방에 가거나 이런 때에도, 함께 걷는 중에 의뢰인은
자기 일이나 취미 그리고 일상에서 하는 생각을 얘기
하곤 한다. 너무 조용하면 내가 불편해할지 모른다는
배려심도 있을 테다. 내 눈에는 그렇게 자신의 얘기를
시작하는 의뢰인들이 (다소 쑥스러운 표현이지만)
작은 무대에 오른 것처럼 보인다. 거리나 이동하는 차

안, 어디에나 있는 흔한 풍경 속이지만 그 순간은 그들에게 스포트라이트가 닿은 것처럼 느껴지기도 한다. 사사로운 신상 애기조차 한 편의 애기를 들려주는 것처럼 느껴져서 나도 모르게 푹 빠져 듣다가 모르는 사이에 목적지에 도착한 적도 적지 않다. 무대에 오르는 의뢰인들은 진짜 무대에 선 배우 뺨치는 매력을 뿜어내는 것처럼 보인다.

이제까지 친구나 지인들을 상대로 그렇게 느낀 적은 없었다. 내 나름대로 생각해 보면, 친구 사이에서는 시간 때우기 식의 잡담이라도 자기 애기만 계속하거나 섣불리 내면을 드러내면 안 된다고 제동을 거는 구석이 생기는지 모른다. 상대방에게 양보하여 그 애기에 귀를 기울이거나 요즘 어떤지 물어보거나, 서로 하는 애기의 양이 균등해지도록 꾸준히 미세 조정을 하며 관계를 유지해 간다.

한 번으로 끝나는 관계인 〈남〉이기에 계산 없이 무대에 오를 수 있는 거라면, 거기에는 타인과의 교류에 있어 새로운 가능성도 존재하는 듯하다.

애기를 들어 달라는 외뢰 외에도 이혼 신고서를 내러 가는 데 같이 가주기를, 이사 갈 때 기차역에서 배웅해 주기를, 마라톤 결승선 지점에 서 있어 주기를, 병원에 병문안 와주기를 등등을 바란다. 원래대로라면 친한 사람이 맡을 일을 부탁하는 경우도 적지 않다. 타인인 나에게 의뢰인들은 무엇을 기대하는 걸까.

애기를 들어 달라는 의뢰에서 그 〈애기〉란 흔히 말하는 〈남에게 할 수 없는 내용〉인 경우가 많다. 개중에는 남에게 할 수 없는 애기 중 레벨이 높을 것 같은 경우의 하나로 지금도 기억에 박힌 의뢰가 있다.

그 의뢰인은 〈아무에게도 애기한 적 없는 자신의 내력에 관계해서 지금 슬픈 일을 겪고 있는데 누구에게도 애기하기가 힘들다, 들어주기 바란다〉는 DM을 보냈다. 의뢰인의 애기를 들을 때는 카페 같은 장소를 이용할 때도 있지만, 비밀로 해야 하는 애기는 의뢰인의 집을 찾아가는 경우도 종종 있다. 이때도 그랬다. 연말이 다가와 세상이 온통 크리스마스 분위기로 들뜬 12월 말의 일이었다.

집을 찾아가 한참 동안 술을 마시며 시답잖은 애기나 나누다가, 도저히 결심이 서지 않았는지 의뢰인이 〈의뢰한 건 말인데 오늘은 좀 어려울 것 같아요. 아직

제 안에서 끝나지 않은 문제라……〉 하고 미안해하면서 말했다. 나는 괜찮다고 대답했다.

그렇게 있다 보니 의뢰인의 집을 찾고 어느새 네 시간 정도가 지났다. 그만 슬슬 돌아가는 게 좋겠다 싶어서 자리에서 일어나려는데 의뢰인이 〈러시아에는 꽤 있는 모양이던데……〉라고 입을 열더니 자신이 예전에 옴 진리교*의 신자였다는 사실을 고백했다.

의뢰인은 어렸을 적 부모의 영향으로 옴 진리교에 들어갔다가, 1995년 교주 아사하라 쇼코가 지하철 사린 사건의 수모자로 체포된 것을 계기로 탈퇴하고 그 뒤 옴의 후계 단체에 일시적으로 소속했으나 지금은 거기서도 완전히 탈퇴해 일반 기업에 근무하고 있다고 했다.

어째서 자신이 옴 진리교의 전 신자임을 밝혔느냐면, 2018년 7월 6일 아사하라와 전 교단 간부들의 사

• 교주는 아사하라 쇼코(본명은 마쓰모토 지즈오). 1984년에 〈옴 신선회〉로서 발족하고 3년 후에 옴 진리교로 개칭했다. 아사하라는 구제라는 명목으로 일본을 지배하고자 세계 각지에서 군사훈련을 하고 헬리콥터와 자동 소총을 조달하고 화학 무기를 생산하였다. 교단과 적대하는 인물을 대상으로 한 살해나 무차별 테러를 실행했으며, 일련의 사건 희생자는 29명에 이른다. 사린 사건이 있었던 1995년 당시 러시아에는 2만 4천 명의 신도가 있었을 정도로 옴 진리교에 동조하는 경향이 높았다.

형이 집행된 건에 아직 이해가 가지 않은 부분이 있기 때문이라고 했다. 실제로 의뢰인은 〈아사하라가 (지하철 사린 사건을 비롯한 일련의 사건을) 직접 지시하지는 않았을 거로 생각한다, 그의 입으로 진실을 듣고 싶었다, 죽어 버리면 이제 더는 진실을 들을 수 없다〉라며, 사형 집행에 대해 안타까운 마음을 가지고 있었다. 의뢰인이 말하기를 교단 사람들은 모두 친절하고 다정했다고 한다. 테러 주범이었던 한 명이 자신에게 참 잘해 주었다 같은 얘기를, 그 당시를 그리워하면서 동시에 슬픈 듯이 얘기했다.

확실히 그런 얘기는 아무에게도 할 수 없겠지, 힘들겠구나, 하고 생각했다. 또 의뢰인은 자신이 전에 옴 진리교 신자였다는 사실을 숨기고 살아가기 위해 개명도 했는데, 다른 평범한 사람들은 〈저는 ○○ 대학에 다녔고 동아리 활동은 △△를 했으며, 지금은 □□ 라는 회사에서 ×× 일을 하고 있습니다〉 같은, 누구나 거의 무의식 수준에서 하는 자기소개 같은 것을 망설임 없이 할 수 있는 게 부럽다는 얘기도 했다. 〈저는 저 자신에 대해 남들에게 어떻게 설명하면 좋을지 모르겠고, 경력을 위장했다는 떳떳하지 못한 마음도 있어요〉라고. 어렸을 적 추억이나 자라난 지역 그리고 인간관계 등 의뢰인에게는 지금의 자신을 만들었다고 남들에게 소개할 수 있는 과거가 없었다.

이때, 사실 나는 맞장구만 치고 있었던 게 아니라 의뢰인의 얘기에 관심을 가진 채 몇 가지 얘기를 나누는 식의 대화를 했고, 거기서 파생된 화제가 꽤 고조되기도 했던 것을 기억한다. 그것은 우주나 영혼에 대한 얘기로 때마침 나도 그런 화제에 흥미가 있었다. 의뢰인의 말할 수 없었던 내력 얘기가 이루어진 것은 약 다섯 시간 가운데 마지막 한 시간, 그러니까 그 시간은 평범하게 대화를 즐긴 형태였다.

이것은 〈아무것도 하지 않는다〉에 반하는 것이 아닐까 혹은 〈간단한 응답〉 범주에 들어가지 않는 게 아닐까, 하고 의문으로 여기는 사람도 있을지 모른다. 애초에 아무것도 하지 않는가, 그렇지 않은가는 나의 주관으로 정하기에 그 선 긋기가 매우 불분명하다. 〈간단한 응답〉 역시 마찬가지다. 굳이 기준을 둔다면 상담에 회답이나 조언이 요구되는 상황에는 그 기준을 벗어나는 게 되려나.

이번 경우를 보자면, 만일 의뢰인이 〈저는 옴 진리교

전 신자라는 것을 감추고 살아가는 게 힘이 듭니다, 어떻게 하면 편해질 수 있을까요?〉 같은 식으로 질문했다고 치면, 거기에 대답하기란 불가능하다(내가 알 수 있는 문제가 아니다). 하지만 우주에 흥미가 있다고 하면 〈아, 저도요〉라고 평범하게 말을 거들게 된다. 의뢰인의 고민이나 상담을 떠나서, 내 흥미 범위 안의 화제라면 맞장구를 넘어선 구체적 대답도 〈간단한 응답〉에 들어간다고 생각한다.

또는, 의뢰인의 얘기를 듣고 반사적으로 내 머리에 떠오른 것이 있다면 그것을 전할 때도 있다. 뒤집어 말하면, 미리 머릿속에서 생각을 정리할 필요가 있는 〈응답〉은 내게는 〈간단〉하지 않다는 뜻이다.

예전에 나는 아래와 같은 트윗을 올린 적이 있다.

✎

〈남들에게 할 수 없는 얘기를 들어 달라〉는 의뢰가 들어왔다. 지인이나 〈아저씨 렌털〉에 얘기한 적도 있다는데, 인간관계에서나 돈을 내고 상담하거나 하면 〈좋아, 내가 어떻게든 해결해 줘야지〉 같이 꼭 어떤 결과

를 남기려고 해서, 그게 〈상담하는 사람과 상담받는 사람〉 사이의 상하 관계를 낳아 불편했다고 한다.

이 트윗에 이런 댓글들이 달렸다.

💬

남이 개입해서 개선되는 경우보다 악화하는 경우도 있으니까요. 현재 상태를 유지하는 사람에게 해결해 준다고 나선다는 건 곧 상황을 어지럽히겠다는 뜻이 되니까, 〈아무것도 하지 않는 사람〉이 들어주기만 하는 게 도움이 될 것 같네요.

💬

얼마 전부터 〈아저씨 렌털〉을 시작했는데, 해결하려고 하지 않는 자세가 중요하다는 걸 느끼고 있습니다.

특별히 내가 뭐라고 덧붙일 것까지도 없이 꽤 정확한 분석이라고 생각했다. 이 〈들어주기만 한다〉는 점에 관해서 나는 종종 〈맞장구를 잘 친다〉고 칭찬을 받곤 하는데 스스로는 그런 자각이 없다. 오히려 트위터상에서 〈얘기하기는 쉬운데 맞장구가 좀 과하다〉고 지적당했을 정도다. 그는 농담이라고 한 말이었으나 확실히 짚이는 구석이 있다. 남의 얘기를 많이 듣다 보면 상대방이 다음에 무슨 말을 할지 미리 알아 버릴 때가 제법 있어서 맞장구로 선수를 쳐버리곤 했는데, 이 지적을 받은 뒤로는 조금 자제하게 되었다.

옴 진리교 신자였던 의뢰인와 비슷한 수준으로 무거웠던, 〈남에게 할 수 없는 얘기〉도 있었다. 내가 트위터에 올린 그의 의뢰서는 이러한 내용이었다.

✉

저 외의 다른 생물이 있는 상태의 자신을 확인하고 싶어서 여섯 시간에서 하루 정도 대여하고 싶습니다. 검토해 주십시오.

너무 오래 혼자 살아서 자기 생활 공간에 남이 있는 감각을 모르게 되어 버렸으니 어느 정도 긴 시간 자기 집에 머물러 달라는 얘기였다. 사실 이 의뢰서에는 뒷얘기가 있었는데, 거기에는 〈저는 정체를 숨기고 살고 있습니다, 아무에게도 하지 못하는 얘기를 들어주기 바랍니다〉라는 문장이 붙어 있었다.

우선 〈자기 외의 다른 생물이 있는 상태의 자신을 확인하고 싶다〉는 목적은 달성되었고, 의뢰인 스스로 꽤 바람직한 변화도 있었다. 예를 들면 〈나의 미각이 이상하지 않다는 것을 알고 안심했다〉면서 기뻐했다.

이 의뢰인은 술을 꽤 많이 마시는 사람이었는데, 자기가 직접 만든 수육이며 김치뿐 아니라 그 자리에서 뚝딱 만들어 낸 문어와 파드득나물 무침 같은 안주를 대접해 주었다. 전부 다 맛있어서 하나씩 먹을 때마다 맛있다고 하자 다행이라며 표정이 누그러졌다. 게다가 술은 의뢰인 집의 소형 냉장고에 꽉 채워져 있는 걸 마음대로 꺼내 마시라고 했다. 오전에 만난 뒤로 수제 안주를 집어 먹으며 여섯 시간 반 정도 의뢰인의 집에 머물렀던 것 같다. 긴 시간을 함께한 덕분인지 의뢰인은 남이 있을 때는 화장실 문을 잘 닫는다는 감각도 오랜만에 되살아난 모양이었다.

그런 식으로 화기애애하게 잡담을 나누며 먹고 마시고 하다가 의뢰인은 문득 생각났다는 듯이 아무에게도 말하지 못한 자기 내력에 관해 얘기를 시작했다.

그는 10대 때 소년원에 있었다고 했다. 늘 그래왔듯이 내가 얘기를 들으면서 적당한 곳에서 맞장구를 치고 있자니 조금 있다가 〈사람을 죽여 버렸어요······〉 하고 중얼거리듯이 말했다.

그 의뢰인은 만났을 때 첫인상이나 집에서 얘기를 나눌 때도 의사 선생님 같은 전문직인가 싶을 정도로 말쑥하게, 흔히 말해 사회적으로 성공한 것처럼 보였다. 이런 사람이 과거에 사람을 죽인 적이 있다니, 뭐든 유능할 것 같은데 생각도 못 할 어둠이 있구나, 하고 그때 솔직하게 느꼈다. 어쩌면 그 의외성에 확 빠졌었는지도 모른다.

그리고 그 건을 통해 나는 타인을 보는 눈이 조금 바뀌었다. 언뜻 보기에 둥글어 보이는 사람이라도 사실은 매우 날이 서 있을 수도 있는 거라고.

〈그런 무거운 얘기를 들으면 그 영향을 받아서 정신적으로 힘들어지지 않나요?〉

곧잘 이런 질문을 받는다. 솔직히 말하면 나는 그런 감각이 전혀 없다. 오히려 너무 빈번하게 같은 질문을 받아서, 다들 무거운 얘기를 들으면 정신적으로 힘들어지는지 반대로 묻고 싶을 정도다.

이런 얘기를 하면 인간성을 의심받을지 모르지만, 내가 의뢰인의 얘기를 들을 때는 대체로 〈이거 트위터에 올리면 재밌겠다〉, 〈와, 좋은 이야깃거리가 생겼다〉 같은 생각을 한다. 아마도 나는 다른 사람들보다 건조한 성격이거나 남의 감정에 별로 좌우되지 않나 보다. 상대방에게 동조를 잘 하지 않아 이 활동에 적합한 것도 같다. 〈경청〉의 포인트가 상대방에게 다가서거나 동조하는 데에 있다고 한다면 나는 역시 그렇지 않다.

혹은 내가 의뢰인의 무거운 얘기를 듣고 그 무게에 끌려가지 않는 것은 어쩌면 내가 상상력이 별로 없는 사람이기 때문인지도 모른다. 상상력을 발휘한다는 것은 나에게 있어 부하가 꽤 걸리는 행위이기에 굳이 하지 않으려고 한다. 아무리 상상력을 발휘해 봤자 어차피 남을 완전히 알 수는 없는 거니까.

한편으로 그런 내가 쓸데없는 말을 하지 않고 그저 옆에 앉아 있는 (혹은 서 있는) 덕에 의뢰인 측은 내가 무슨 생각을 하며 거기에 있는 것인지를 자기 좋은 식으로 해석할 수 있는 것 아닌가, 하는 의견을 받은 적도 있다. 내 사고가 완전히 전해지지 않으므로 의뢰인은 자기 마음대로 상상이나 전후 문맥을 통해 이미지를 만들어 낸다. 자신이 슬플 때는 위로하는 것처럼 느끼고, 기쁠 때는 같이 기뻐해 주는 것처럼 느낀다. 동의를 받고 이해를 받았다고 느낌으로써 듣는 사람이 완전한 타인이라도 자기 존재에 확신을 가지게 되는지도 모른다. 반대로 내가 입을 열어 얘기를 이어 가면 그만큼 내 리액션에 대해 상대방이 상상할 여지가 없어질 것이다.

그런 생각은 별로 한 적이 없지만 나는 기본적으로 어디를 어떻게 쳐도 반응이 미미한 인간이라, 반대로 어떤 식으로 쳐도 될 것 같은 인상이 있는지도 모른다. 의뢰 내용이 다양하다는 사실이 그것을 증명한다.

조금 극단적 예시인데, 자연계 생물에는 공작이나 모르포 나비, 비단벌레와 같이 그 자체는 특정한 색깔이 없지만 빛이 어떻게 닿는지에 따라 다양한 색깔로 보이는 〈구조색〉을 띤 동물이 있다. 그 물리적 구조에 따라 빛이 굴절되거나 간섭해서 색소가 없는데 꼭 색깔이 있는 것처럼 보인다. 〈아무것도 하지 않는 사람〉도 그 자체에는 색깔이 없고 보는 사람의 파장이나 보는 각도에 따라 형태나 색깔이 바뀌는 비단벌레 같은 존재인지도 모르겠다.

〈정말 진심으로 재미가 없거나 불쾌한 사람과 함께 있을 경우, 중간에 돌아가고 싶지는 않나요?〉 같은 질문을 곧잘 듣는다. 시급 같은 보수를 받는 것도 아니고, 말하자면 내가 자유롭게 쓸 수 있는 시간을 구속당하는 형태. 그렇다면 일반적으로는 얘기가 맞을 것 같은 상대를 찾아서 자신에게 어떤 이점이 있기를 기대하게 된다는 얘기다. 하지만 기본적으로 의뢰인과 나 둘밖에 없는 자리에서는 중간에 나와야겠다는 생각을 하지 않는다. 트위터상에서는 〈기분에 따라 돌아가는 경우도 있다〉고 하지만, 1대 1 상황에서 내가 먼저 자리를 뜬다는 것은 상대와 어떤 관계이더라도 부담감이 너무 크다. 내가 상대방을 배려해서가 아니라 어디까지나 거기서 받는 스트레스에 따른 부분이 크다. 반대로 말하면 의뢰를 중간에 철회한다는 어마어마한 스트레스를 극복하고 또 행동해야 할 정도로 불쾌한 의뢰인이라는 건 상상되지 않거니와 현재 시점에서는 만난 적도 없다(그 정도로 불쾌한 경우는 의뢰서를 보면 대충 읽혀서 애초에 받아들이지 않아서일 것이다).

다만 이것도 〈아무것도 하지 않는 사람〉이 일회성에 가까워서 성립하는지도 모른다. 학교나 직장에서 매일 얼굴을 마주하는 사이거나 친하거나 연속되는 관계를 가진 사이라면 얘기는 크게 달라진다. 그렇게 생각하는 것은 나뿐만이 아니라 의뢰인 중에도 비슷하게 생각하는 사람이 있었을 테다. 모든 의뢰인이 대여를 마친 뒤 후기를 주는 건 아니라서 서로 알 수 없는 일이지만.

✎

요전에 의뢰를 마친 뒤 의뢰인이 〈저는 재밌어도 전혀 재밌어 보이지 않는 사람이라 주변 사람들을 불편하게 만들곤 하는데, 정말 굉장히 재밌었어요〉라고 말했다. 나도 술자리 같은 곳에서 잘 놀고 있어도 〈말을 전혀 하지 않는데 재미없어?〉라는 말을 듣는 편이라 공감이 갔다.

✎

푸념을 들어주는 의뢰 때 〈음, 시시한 얘기인데요……〉

하고 말이 시작되는 경우가 많다. 남들 눈에 별것 아닐 것 같은 고민은 다른 사람에게 말해도 왠지 비웃음만 사고 말 것 같아서 혼자 끌어안은 채 끙끙대기 쉬운 모양이다. 남들 눈에 자명한 불행도 물론 괴롭지만, 대단하지 않은 하찮은 불행에도 특유의 괴로움이 있구나 싶었다.

남들에게 할 수 없는 얘기라면서 〈재미없는 얘기〉라고 운을 떼는 사람도 꽤 있다. 하지만 그게 정말로 재미없는 얘기인 경우는 별로 없다.

예를 들면 좋아하는 밴드나 만화 얘기를 하고 싶지만 마니아인 사람과 비교하면 그렇게 잘 아는 건 아니라서 누군가 그저 들어주면 좋겠는데…… 같은 이유로 의뢰하는 경우다. 객관적으로 봐도 어째서 이 얘기를 남들에게 못 할까? 싶은 것도 없지 않다. 상상하건대 누군가에게 자기가 좋아하는 것 또는 사람에 대해 얘기하고 싶다는 마음을 발산하고 싶은가 보다. 코어 팬 특유의 시점으로 얘기를 풀어내지 못하니, 듣는 측도 딱히 이점이 없어서 남들에게 말하기 어렵다고 한다. 나도 그 마음은 이해한다. 나는 록 밴드 스피츠*를 좋아한다. 앨범을 다 가진 건 아니지만 얼마나 좋아하는지 말하고 싶을 때가 있다. 하지만 막상 누군가에게 얘기하려고 생각하면 역시 망설여진다.

추상적 표현이지만, 친구끼리 얘기를 나눌 때도 그 내용에는 일정한 틀이나 정답이 있어서 그 범위 안에서만 대화가 성립되는 느낌이 있다.

이것은 내가 다양한 의뢰를 받으면서 깨달은 점이기도 한데, 아이돌이나 게임과 같은 취미 혹은 기호로 이어진 친구와의 대화에서는 그 취미와 기호에 따라 거기에 관련된 정보를 교환하는 것이 하나의 정답이며, 거기서 조금이라도 벗어나 버리면 분위기가 깨질 우려가 있다. 아마 각각의 화자는 정도의 차이는 있을지언정 의식적으로나 무의식적으로나 모두 이런 식으로 느끼고 있지 않을까.

그 벗어난 얘기가 말 그대로 〈재미없는 얘기〉라면 차가운 눈총을 받게 된다. 반대로 아무에게도 할 수 없을 것 같은 사적이고 무거운 얘기라면 〈아니, 취미 얘기나 하자고 만났더니 갑자기 왜 그래?〉 하고 기겁

• 일본의 록 밴드로 1987년 미술 학교 학생 네 명이 결성하여 단 한 차례의 멤버 교체 없이 지금까지 인기를 얻고 있다.

하게 만들고, 더불어 그 자리의 공기조차 바꿔 버릴지도 모른다. 그래서 스스로 자제하며 때로는 하고 싶은 얘기를 할 수 없는 상황에 처한다. 그것을 토해 내기에 『임금님 귀는 당나귀 귀』에 나오는 대나무 숲처럼 〈아무것도 하지 않는 사람〉이 딱 좋은게 아닐까.

　그렇다면 남에게 할 수 없는 얘기를 나에게 한 의뢰인은 얘기를 마친 뒤 어떤 반응을 보이는가. 한 가지로는 말할 수 없지만 후련하다, 얘기하기 잘했다, 즐거웠다 같은 호의적 반응이 전형적이다. 앞서 말한 전옴 진리교 신자였던 의뢰인과 과거에 죄를 저지른 적이 있는 의뢰인의 경우가 여기에 속한다.

　한편 〈역시 남에게 얘기한다고 문제가 해결되는 건 아닌데 말이죠〉라고 하는 사람도 있었다. 그러면서 나를 배려해서인지 그래도 얘기할 수 있어서 좋았다고 덧붙여 주었다. 애초에 나는 〈아무것도 하지 않는다〉가 캐치프레이즈이므로, 아직까지 〈하나도 후련하지 않다, 어떻게 해줄 거냐!〉 같은 클레임을 거는 사람은 없었다.

　크게 나누면 적극적으로 기뻐하는 사람과 여전히

찜찜함을 남기는 사람으로 나뉘는데, 후자에 해당되는 사람은 (어디까지나 나의 개인적 인상이지만) 역시 어딘가 조언을 바랐던 것 같다. 하지만 여러 차례 거듭해서 말했듯 그런 경우에 나는 아무런 힘이 될 수 없다.

누군가가 〈속에 품은 고민을 말로 표출함으로써 의뢰 당사자는 한층 더 심각하게 생각하게 되는 건 아닌가?〉 하고 물은 적도 있는데 그런 인상은 받은 적 없다. 다만 비교적 거기에 가깝다고 할 수 있을 것 같은 경우가 있었다면 이런 의뢰다.

✉

선약이 없다면 수요일에 나리타 공항으로 마중을 나와 주시겠어요? 사랑하던 할머니가 제가 유학하려고 해외로 출국하던 날, 이른 아침에 돌아가시는 바람에 장례식에 참석하지 못했어요. 일본에 도착하면 이제야 비로소 성묘를 갈 수 있습니다. 공항에 도착하면 적적한 심정일 것 같아요. 누군가 손을 흔들어 맞이해 준다면 든든할 것 같습니다.

이런 의뢰를 받고 나리타 공항 도착 로비에 의뢰인을 마중 나갔다. 만난 적 없는 의뢰인을 순식간에 인식해서 맞이하기는 어려웠지만 알아보기 쉬운 차림새를 해준 덕분에 찾아서 손을 흔들 수 있었다. 정신적 면은 잘 모르겠지만, 도착한 뒤 이런저런 절차를 밟는 동안 짐을 지키는 등 실용적 면에서 도움이 된 기분이었다.

　그리고 마중 나간 김에 의뢰인이 노래도 부르고 싶고 할머니 얘기도 들어주면 좋겠다고 해서 노래방에도 따라갔다. 의뢰인은 한참 노래를 부른 뒤 할머니 얘기를 시작했다. 할머니 집에는 커다란 냉장고가 두 개 있었는데 두 곳 모두 가지각색의 아이스크림이 한가득 들어 있었다. 할머니는 그것을 〈언제든 먹고 싶은 만큼 먹으려무나〉 하셨던, 참으로 다정한 사람이었다고 한다. 할머니 장례식에 가지 못해 슬펐다느니 하는 어두운 얘기를 오랜만에 만나는 친구에게 하기는 싫었다고도 말했다. 친구에게 마중 나와 달라고 부탁하기 어려웠을 거라는 건 나도 이해가 갔다. 아마

앞에서도 적은 〈남에게 고민을 상담하는 것=그 사람에게 약점을 잡히는 것〉이라는 나의 지론과 겹치는 부분도 있지 않나 싶다.

의뢰인은 공항에 도착했을 때도, 나와 함께 노래방에 가는 동안에도, 그리고 노래방에서 노래를 부를 때도 쓸쓸한 표정은 조금도 보이지 않았다. 하지만 할머니 얘기를 하기 시작하자 서서히 감정이 격양되는 듯하더니 끝내는 눈에 눈물이 그렁그렁했다. 말로 표현함으로써 할머니의 죽음을 다시 한번 되살리고 슬퍼해 마땅한 것으로서 마음에 새겨 넣게 되었던 모양이다.

물론 자신이 옴 진리교의 전 신자였음을 고백하는 것과 사랑하는 할머니의 추억을 풀어내는 것을 같은 선상에 둘 수는 없다. 하지만 아무에게도 털어놓지 못하고 혼자 끌어안고 있던 것을 다른 사람에게 얘기했을 때, 그 사람 안에 맺힌 응어리가 해소되는 일도 있거니와 반대로 깊숙이 새겨지는 일도 있다. 그것은 그 사람 안에 지닌 문제이므로 나로서는 당연히 어느 쪽으로 굴러갈지 알 수 없다.

솔직하게 말해 이런 의뢰인들의 의뢰 내용이 재미

는 있었지만 내가 같은 상황이었다면 아마도 누군가가 곁에 있어 주면 좋겠다는 생각은 하지 않을 것 같다.

의뢰인의 마음을 가볍게 여기거나 부정해서가 아니다. 일반적 교류 범위에서는 상대방이 소중하기에 그리고 공감하기에 곁에 있어 주는 경우가 곧잘 있다. 반대로 상대방에게 공감하거나 기분을 헤아려 주지 못하면 곁에 있기가 힘들다. 상대방이 필요로 하는 대화를 몰라서 거북해지고, 어떤 말을 건네면 좋을지 갈피를 잡지 못하는 경우도 있다. 하지만 나는 〈아무것도 하지 않는 사람〉으로 있는 한 위로를 할 필요도 없고 공감도 요구되지 않는다. 그저 상대방이 내 존재로 조금이나마 고통을 덜겠지 싶은 자연스러운 마음에서 의뢰를 받아들였을 뿐이다.

이런 사례뿐 아니라 내가 전부 뜻을 같이할 수 있는 의뢰가 아니더라도 의뢰인이 정말로 절실하면 나는 나의 소임으로 받아들이려 한다.

원래대로라면 주위의 친한 사람이 맡을 역할 중 비교적 상위에 들 법한 것으로 〈병문안〉이 있다.

✉

안녕하세요, 처음 뵙겠습니다. 저기, 제가 지금 입원 중인데 병문안을 와줄 수 없을까요? 벌써 1개월 가까이 입원 중인데 가족들이 아무도 면회 한 번을 안 오네요. 제 이름이고 뭐고 알려져도 좋으니, 아무것도 님 먹을 도시락을 대충 챙겨서 오시면 교통비와 식비를 내드리겠습니다.

이건 말 그대로 〈병문안을 와달라〉는 의뢰다. 다만 이 의뢰인은 특수한 사정으로 특수한 환경에 있는 사람이라 〈병문안〉이라는 보통 명사가 적절하지 않은 기분도 들지만······.

그 사정을 대략 설명하자면 의뢰인은 약물 대량 복용에 의한 자살 미수로 호송되어 폐쇄 병동에 입원하고 있었다. 병실 내 자살을 막는 목적에서 스마트폰 충전 케이블이나 이어폰을 포함한 코드 종류를 일체 둘 수 없기에 인터넷이나 SNS를 쓰는 시간도 제한되고(스마트폰을 충전할 때에는 간호사에게 맡겨야 한다), TV도 볼 수 없어서 심심하다고 했다. 또한 의뢰인의 가족은 먼 곳에 살아서 병문안을 오기가 어려웠다.

　내가 병실에 들어가자 의뢰인은 곧바로 사인을 해 달라고 부탁했는데, 적당한 종이가 없어서 병실에 있던 입원 안내서에 사인해야 했다. 시간 때우기로 오셀로 게임*을 시작했다가 크게 이겨 버리는 바람에 조금 걱정했는데, 그 후에 의뢰인이 평소 좋아하는 브랜드(약물을 디자인 모티브로 한 〈블랙 브레인〉)를 잔뜩 들떠 소개해 준 것을 보면 괜찮아 보였다. 그날 의뢰인이 입고 있었던 티셔츠도 같은 브랜드였는데, 가슴에 프린트된 사진은 디자이너 본인이 약물 과잉 복용으로 호송되는 모습을 스스로 촬영한 것이라고 했다. 〈의식은 사진을 찍을 수 있을 정도로 뚜렷하더라고요〉라고 경험자는 얘기했다.

　솔직히 이때는 의뢰인이 놓인 상황이나 폐쇄 병동 같은 데에만 정신이 팔려서 나 자신은 딱히 병문안을 왔다는 자각이 없었다. 그래도 의뢰인에게 생판 남인 내가 취한 행위는 객관적으로 보아 어엿한 〈병문안〉

---

　* 두 사람이 하는 보드게임으로 가로세로 8칸의 판 위에서 한쪽은 검은색 다른 쪽은 흰색인 돌을 번갈아 놓으며 진행하며, 상대의 돌을 자기 돌 사이에 끼이게 하여 자기 돌의 색으로 바꾸어 가면서 승패를 결정한다. 셰익스피어의 희곡 『오셀로』에서 모티브를 따왔다고 한다.

이었을 거라고 생각한다.

의뢰인에게는 이른바 조울병(양극성 기분 장애) 증상이 있다고 했는데, 반대로 말하자면 정신적으로 조울증이 반복되는 상태에 있을 뿐, 몸은 움직이는 데에 어려움이 없었다. 다시 말해 문제는 의뢰인에게 입원 생활이 너무 심심하다는 것. 그 남아도는 시간의 일부를 〈아무것도 하지 않는 사람〉이라는 존재로 메울 수 있었다. 심심풀이에는 도움이 됐다고 생각하며, 의뢰인도 틀림없이 만족스러워 보였다. 그런 의미에서는 상대의 병상이나 정신 상태에 따라서도 다르겠지만 병문안을 하러 가는 사람은 꼭 가까운 사람이 아니라도 괜찮겠다는 것이 하나의 발견이었다.

입원 생활이라는 건 나의 상상을 크게 뛰어넘는 수준으로 심심한 듯했다. 게다가 아까 설명한 대로 의뢰인의 병실에는 TV가 없고 스마트폰을 쓸 수 있는 시간도 한정되어 있다 보니 완전히 심심 지옥이었다. 나에게 〈심심하다〉는 어딘가 태평한 이미지가 있었는데 이 의뢰를 통해 크게 뒤집어진 기분이 든다.

또 이 의뢰에는 후일담이 있다. 나는 평소 다른 의뢰 때는 별로 그러지 않는데 이때는 스스로 재의뢰를 요청했다. 〈또 와도 될까요?〉 하고. 앞서 적은 대로 나는 나의 행위가 어엿한 〈병문안〉이라는 확신이 있었다. 내가 다시 찾아와도 절대 폐가 되지 않을 거로 생각했는데, 그러한 확신을 가진다는 건 매우 드문 일이었다. 거기에 더해 또 하나 특수한 상황으로, 그렇게 다시 찾아갔을 때 방송국 동행 취재가 가능할지 모른다는 사정도 있었다.

사실 첫 번째 병문안 때도 방송국 카메라가 동행할 예정이었는데 그날은 마침 병원 원장이 쉬는 날이라 촬영 허락을 받기 어려운 상황이어서 방송국 제작진들이 포기했었다. 그래서 두 번째 병문안을 타진한 것은 〈방송국 취재가 가능할지 확인을 하기 쉽게, 원장이 있는 날 다시 방문하고 싶다〉는 나의 꿍꿍이셈도 있었다.

확실히 괘씸한 속셈이었지만 내가 재의뢰를 청한 가장 큰 이유는 이 〈병문안을 와달라〉는 의뢰가 나에게도 즐거웠기 때문이다. 무료함을 달래는 것이 매우 곤란한 상황에서 특수한 경험을 가진 사람의 얘기를 듣기란 재미가 있었다. 내가 부탁하자 의뢰인은 〈또 와주시게요? 좋고말고요!〉라며 기뻐해 주었다. 뭐, 이

때는 의뢰인이 기분이 들뜬 상태였기에 무슨 말을 해도 좋아했을지 모르지만……. 얘기가 나온 김에 두 번째 병문안을 다녀온 뒤 내가 올린 일련의 트윗도 덧붙이겠다.

🖉

오늘 재의뢰 서비스를 다녀왔다. 지난번 반향이 크더니 의뢰인의 계정에도 많은 DM이 온 모양이다. 격려하는 내용부터 게이오 대학 병원은 어떤지, 병실에 여유가 있는지 같은 문의까지 다양한 내용이 왔다고 한다. 어째서인지 본인조차 아직 보지 못한 입원비 청구서를 보여 주었다(생각보다 쌌다).

🖉

큰 반향 때문도 있어서인지 심한 조증이 와서 밤에 잠 한숨 못 자고 다음 날도 비몽사몽 하는 바람에 주치의에게 SNS를 금지당했다고 한다. 〈모르는 사람과 만나는 것도 금지〉라고 했다는데, 나는 한 번 만났으니 괜찮단다. 조증인 기운 때 입원 전 살았던 집을 해약하고 다음 집 계약까지 마쳤다고. 조증 상태가 참 대단하다고 생각했다.

✐

여기에는 가볍게 적을 수 없는, 인생에 있어 큰 결단을 내렸다고 한다. 주치의 선생님이 〈그런 아무것도 없는 공간에서 용케 이렇게나 큰일을 저질렀다〉며 어이없어 하더라는 얘기가 재미있었다. 폐쇄 병동이라도 인터넷만 있으면 큰일을 낼 수 있다는 것을 알았다.

병문안과는 조금 다를지 모르지만 일흔 살 정도의 의뢰인으로부터 다음과 같은 의뢰를 받은 적이 있다.

✐

오늘 오전 중에는 〈동생과 함께 있어 달라〉는 의뢰로 복지 시설에 있었다. 이른바 노인 요양원 같은 곳이었는데, 그 동생분은 (자세히는 듣지 못했지만) 사고로 마비가 와 움직이지 못했다. 우리 부모님보다 젊어서 얘기가 잘 통했다. 다음에는 수수께끼 두 개와 웃긴 얘기 두 개를 준비해 오라고 했다. 재미있는 수수께끼 모집합니다!

동생분은 시설에서 거의 누워 지내는 생활을 하고 있었는데 의식은 또렷하고 식사도 매일 잘한다고 했다. 몸에 마비가 남아 있는 것을 빼면 건강한 상태로, 덕분에 한가한 시간을 주체하지 못하고 있다고. 그래서 의뢰인은 〈얘기하기를 좋아하는 동생이므로 그 얘기를 들어주면 좋겠다〉고 부탁을 해왔다.

　노인 요양원 같은 시설에 마음의 거리가 없는 건 아니었으나 〈트위터에 쓸 게 생겼다〉는 꿍꿍이가 있어서 한 번쯤 가봐도 좋겠다 싶어 받아들였다. 그러나 아니나 다를까 직원들의 눈이 신경 쓰이는 등 내게는 스트레스가 쌓이는 장소였다. 요양원 앞에서 의뢰인과 만나 그대로 동생분 방까지 안내되어 갔다. 얼마 안 있어 의뢰인은 자리를 비우고 그 뒤 몇 시간 동안 나는 동생분 침대 옆에 앉아서 함께 보냈다.

　동생분은 예전에 여행 회사 가이드로 일하며 1년 내내 해외를 날아다녔다고 한다. 그런 일을 했던 덕분에 다양한 나라의 다양한 얘기가 어마어마하게 축적되어 그 얘기를 누군가에게 하고 싶은데 상대가 없었다. 아마 형인 의뢰인에게도 곧잘 얘기했을 것 같은데, 사정은 모르지만 처지가 여의치 않아진 모양이었다(혹은 형제 사이에 각 잡고 그런 얘기를 하기가 불편한 건지도 모른다).

늘 그래 왔듯 나는 맞장구만 치면서 동생분이 경험한 다양한 나라의 다양한 얘기를 재미있게 들었다. 하지만 끝에는 침묵이 이어지다가, 그럼 〈수수께끼라도 내볼까〉 하고 화제가 전환되어 거기서부터는 동생분이 내는 수수께끼에 내가 대답하는 식으로 바뀌어 갔다. 아쉽게도 어떤 수수께끼였는지 잊어버렸다. 그리고 나는 그때 떠오르는 수수께끼가 하나도 없었다. 돌아갈 때 동생분이 다음에 만날 때는 수수께끼를 준비해서 오라고 말했다.

〈다음에 만날 때는〉이라고 했지만, 그 뒤로 동생분과는 만나지 않았다. 기본적으로 의뢰가 없으면 만나러 갈 수 없기 때문이다(그 자리에서 재의뢰를 청하는 것을 잊어버렸기 때문도 있다). 다만 〈다음에 만날 때는〉이라고 할 정도로 평화로운 분위기에서 헤어진 것을 생각해 보면, 〈다음〉이 있어도 좋겠다고 생각해 줄 정도의 효과는 있었던 거라고 짐작한다.

동생분은 당초 나를 뭐 하는 사람인지 의문으로 여겼는데, 의뢰인이 〈오늘은 이 사람에게 얘기를 해드려〉라고 하자 어째서인지 수월하게 받아들여 주었다. 다만 내가 사실은 어떤 사람인지까지는 이해하지 못했던 건지, 결국 마지막까지 직장을 구하는 중인 젊은 이 정도로 생각했던 것 같다. 그래서인지 대화 중에 가끔 〈뭐, 이것저것 하다 보면 조만간 일거리가 생길 거야〉라고 조언했다.

〈예전에 다녔던 학교까지 가는 길에 동행하며 그 시절 얘기를 들어주면 좋겠다〉는 의뢰가 있었다. 의뢰인 말로는 〈트라우마 극복〉이라고 했는데 간단하게 말하자면 초등학교 때에 따돌림을 당했던 것이 충격이 되어 어른이 된 지금도 트라우마를 안고 아무에게도 말을 못 하고 있다고 했다. 그래서 초등학교 통학길을 걸으면서 당시 그곳에서 어떤 일을 당하고 어떤 기분이었는지를 말로 토해 냄으로써 트라우마를 극복하고 싶다는 얘기였다.

통학길을 걸으며 의뢰인은 얼굴에 미소가 사라진 채 내내 고개를 숙이고 있었다. 하지만 길을 다 걸어 교문 앞까지 왔을 때쯤 표정이 아주 조금 밝아졌다. 교문 너머로 학교 건물과 교정을 가리키며 음악실은 어디에 있었고, 그 음악실 안에는 무엇이 있었는지 등을 설명해 주었다. 통학길을 걸을 때 비하면 말을 꽤 많이 했는데, 그것은 따돌림을 당한 기억 외의 추억에 잠긴 것처럼 보이기도 했다.

애당초 자기는 소극적이라고 의뢰인 본인도 얘기했는데, 곁에서 보기에는 어떤 내면의 변화가 있었던 건지 짐작할 길이 없다. 하지만 본인은 속이 다소 풀린 것 같았다.

이러한 지극히 절실한 의뢰의 경우, 〈아무것도 하지 않는 사람〉의 익명성은 더 높아지고 반대로 캐릭터나 연기자 같은 성질은 훅 내려가는지도 모른다. 어려운 상황이면 어려운 상황일수록 혹은 고민이면 고민일수록, 그것을 얘기하는 상대는(생판 남이기만 한다면) 누구라도 상관이 없어지는 게 아닐까. 〈아무것도 하지 않는 사람〉의 대여 서비스를 재밌게 이용하려는 의도는 사라지고, 순수하게 한 사람분의 존재를 필요로 하는 게 아닐까.

나의 활동에 대해 누군가 〈경청해 주는 봉사 활동 같다〉고 말한 적이 있다. 이른바 〈경청〉이라는 행위에는 상대방에게 비판이나 반론을 하지 않는다, 듣는 측의 생각을 밀어붙이지 않는다, 같은 포인트가 있는 모양이다. 나는 의뢰인이 바라는 대로, 필요가 없어질 때까지 그저 그곳에 있을 뿐이다. 그러므로 이 두 가지에 관해서는 〈~하지 않는다〉는 부분이 의도치 않게 〈아무것도 하지 않는〉 나와 겹쳐져 결과적으로 해결되었을 뿐, 내가 하는 일은 경청이 아니다. 어떤 문제나 트라우마를 안고 있는 의뢰인이 문제를 스스로 해결했는지 못 했는지 알 도리가 없다. 통학길 동행 의뢰에서도 거기에 부응할 수 있었던 건지 아닌지는 의뢰인의 본심을 물어보지 않으면 알 수 없다.

트라우마가 아니더라도 과거를 돌이켜 보는 동행 의뢰를 받을 때가 있다. 다음은 그중 하나다.

✉

의뢰 이유: 어렸을 적에 아버지의 전근으로 여기저기 이사를 하며 자랐습니다. 도쿄 집은 다섯 살부터 아홉 살까지 살았던 추억이 담긴 장소이지만 이미 철거되어 흔적도 남지 않았다고 하네요. 인제 와서 혼자 찾

아가 볼 용기는 없고, 그렇다고 사정을 모르는 친구를 끌어들이기도 꺼려져요. 그래도 누군가 한 명 함께해 준다면 마음이 참 든든할 것 같습니다. 어렸을 적 자신과 다시 한번 마주하고 이제 곧 서른이 될 현재의 자신에게 심기일전할 수 있도록, 아무것도 님에게 의뢰를 드립니다.

✎

〈어렸을 적 살았던 집 주변을 함께 걸어 주면 좋겠다〉는 의뢰. 이곳은 다정한 의사 선생님이 계셨던 치과, 시치고산* 헤어 세팅이 심각하게 오래 걸렸던 미용실, 처음 심부름을 갔을 때 여기서 어머니가 뒤따라오는 것을 눈치챘다 등 주관적 길 안내가 즐거웠으나 옛집 자리에 도착하자 아무것도 없음에 말을 잃었다.

✎

동행하는 동안, 의뢰인은 몇 번인가 〈역시 친구한테 부탁하지 않기를 잘했어〉라고 중얼거렸다. 자신도

* 일본의 전통 명절로 남자 아이가 세 살과 다섯 살, 여자아이가 세 살과 일곱 살 되는 해의 11월 15일에 집 가까운 신사나 절에 데리고 가 그때까지 아이가 무사히 성장한 것을 축원한다.

어떤 감정인지 말로 잘 표현하지 못하는 것을 보며, 친구도 어떻게 반응하면 좋을지 곤란할 거라고 생각되었다. 〈아무것도 하지 않는다〉고 표명한 사람과의 동행은 반응이 없는 게 디폴트라서 신경 쓸 것 없어 좋았다고 한다.

제1장에서 〈아무것도 하지 않는 사람〉의 촉매제 효과에 관해 얘기했다. 혼자서 못 할 것은 없지만 거기에 누군가 있다면 그 행위가 더 효율적으로 이루어진다는 것 말이다. 이 경우도 원래대로라면 주위 친한 사람에게 부탁하는 게 더 흔할 의뢰다.

✉

10월 28일 비었나요? 그날 요코하마 마라톤에 나가는데 최근 3개월 동안 이사를 동반한 인사이동이 있어 직장에 적응하느라 연습을 거의 하지 못했습니다. 제한 시간 내에 완주할 수 있을지 잘 모르지만 지금 가장 만나보고 싶은 〈아무것도 하지 않는 사람〉님이 결승점에 있어 준다면 힘낼 수 있을 것 같아요. 오후 3시가 완주 제한 시간이니 2시 30분부터 3시 30분 사이에 결승점인 요코하마 국제 평화 회의장에 있어 주실 수 있을까요?

의뢰인은 예전에는 거의 매일 마라톤 연습을 했지만, 의뢰서에 적혀 있듯이 최근 들어서는 환경 변화로 연습이 소홀해졌다고 했다. 완주할 수 있을지 장담할 수 없다는 불안을 해소하고, 완주를 위해 동기를 더할 목적으로 나를 결승점에 세웠다.

다만 아쉽게도 그날은 결승 시간 전후에 다른 대여 의뢰가 있어서 2시 30분부터 3시 정도까지 약 30분밖에 있을 수 없었다. 그 점에 대해 양해를 구하고 의뢰를 받아들였다. 그런데 오히려 이 덕을 보았다고 할지, 그 30분 사이에 완주하지 않으면 나를 만날 수 없다는 것이 기운을 더 북돋웠다고 한다. 결과적으로 의뢰인은 훌륭하게 제한 시간 내에 마라톤을 끝내서 완주 기념 메달을 따냈다.

또 골인 직후라 힘이 없었을 텐데 그 자리에서 교통비를 챙겨 주었다. 그러니까 그는 내 교통비를 지닌 채 42.195킬로미터를 달린 것이다. 그 사실에 매우 감동했다. 물론 교통비를 손에 움켜쥐고 달린 건 아니고

비닐 팩에 담아 웨이스트 백에 넣고 달린 건데, 잔돈은 무겁고 찰랑거려 지폐밖에 없다고 했다. 그래서 본래 필요한 교통비보다 넉넉하게 받고 말았다. 그뿐만 아니라 감사 DM까지 받았다.

✉️

그동안 연습을 하지 못해서 제한 시간이 아슬아슬하긴 했지만 만나 보고 싶고 교통비를 직접 건네고 싶다는 마음으로 완주했습니다. 감사해요! 트위터를 보며 쭉 만나고 싶었던 분이었기에 교통비는 조공으로 드렸습니다. 고마워요! 이번 마라톤 준비를 하며 웨이스트 백에 제일 먼저 교통비부터 넣었습니다.

이 의뢰인은 어째서 〈아무것도 하지 않는 사람〉이 결승점에 서 있어 주기를 바랐던 것인가. 그런 하찮은 부탁을 할 사람이 나 말고 없었기 때문으로 생각할 수 있지만, 어쩌면 가까운 사람에게 부탁했다면 기합이 들어가지 않을 것을 걱정했던 건지도 모른다. 〈아, 미안 미안, 역시 완주는 무리였나 봐〉 하고 가볍게 둘러대고 마는 것처럼. 물론 어디까지나 내 상상이지만 말이다.

　이 의뢰에도 후일담이 있다. 이것은 완전히 예상 밖의 사건이었는데 차근차근 설명하면, 우선 요코하마 마라톤이 있던 다음 날 오후 5시부터, 나는 〈마요이가(환상의 집)〉라는 이벤트 바에서 일일 점장을 했다. 물론 그런 의뢰가 있었기 때문이다. 사족이지만 그 바에서 가장 가까운 역의 이름은 내가 회사에 다니던 당시, 나에게 〈살았는지 죽었는지 모르겠다〉, 〈여기 왜 있는지 모르겠다〉라고 폭언을 하고 내가 있던 부서를 〈상시 결원 상태〉라고 불렀던 상사의 이름이기도 해서 눈에 띌 때마다 숨이 헐떡거린다.

　그건 제쳐 두고, 그 이벤트 바에 요코하마 마라톤 의뢰인이 우연히 근처에 올 일이 있었다며 찾아와 주었다. 그러다 이 의뢰인이 후쿠시마 출신이라 감자조림을 잘 만든다는 얘기가 나왔고, 그것을 들은 점원이 그럼 다음에 일일 점장을 부탁해서 〈감자조림 바〉를 하자고 제안했다. 그 감자조림 바가 큰 성황을 거둬 곧바로 제2회 개최도 결정되었다고 한다. 무슨 일이 어떻게 굴러갈지 정말로 모른다.

나는 조금 전 요코하마 마라톤 결승점에 서줄 사람
으로 의뢰인이 친구나 지인이 아니라 남인 〈아무것도
하지 않는 사람〉을 고른 이유를 〈기합이 빠지면 안 되
니까〉라고 가정했다. 한편으로 그 이유를 미리 밝히
는 의뢰인도 있다.

✉

의뢰 내용: 점심 식사 및 이혼 신고서 제출 동행. 또한
대기 시간과 이동 시간 중 얘기 상대(간단한 응답).
의뢰 이유: 혼자 이혼 신고서를 제출하기는 마음이 적
적하여 누군가 지켜봐 주기를 바라서. 또 앞으로 이날
을 돌이켜 보았을 때 그러고 보면 모르는 사람을 불러
같이 갔었지, 하는 조금 특이한 추억으로 남기고 싶다
고 생각했기 때문이에요.

이 의뢰인은 모르는 사람에게 부탁하는 이유를 조
금 특이한 추억으로 남기고 싶어서라고 했다.

의뢰 내용에도 있듯이, 이혼 신고서를 제출하기 전
에 의뢰인이 지정한 레스토랑 앞에서 만나 둘이서 점
심을 먹었다. 들어 보니 그 가게는 혼인 신고서를 제

출한 날에 전 남편과 둘이 간 가게였다. 다만 그래서 그 가게를 골랐다기보다는 〈모처럼의 기회니 맛있는 것을 먹고 싶다〉고 생각한 것이 자연스레 그렇게 된 모양이었다. 지금 생각해 보면 의뢰인이 요리를 한 입 먹고 내뱉은 〈맛있다……〉는 말에 묘하게 정감이 서려 있었던 기분이 든다.

점심 식사를 마친 뒤 관청에 가서 의뢰인이 창구에서 제출 절차를 밟는 동안, 나는 그 창구에서 가장 가까운 의자에 앉아 그것을 바라보고 있었다. 무사히 제출을 마치고 의뢰인은 나에게 〈끝났습니다, 괜찮았어요〉라고 말했다.

그리고 관청에서 역까지 나를 배웅하는 길에 의뢰인은 내게 이혼 절차의 비결 같은 것을 가르쳐 주었다 (물론 다른 뜻은 없었겠지만).

예를 들면 이혼 수리 증명서를 받아 두면, 성이 옛날 성으로 바뀌었을 때 은행 명의 변경이 쉬워진다 등 (나는 이혼해도 성은 바뀌지 않지만) 그런 도움이 되는 정보를 이것저것 듣는 게 즐거웠다. 또 이혼 수리 증명서도 보여 주었다. 와, 이렇게 생겼구나, 하고 신이 나고 말았다.

의뢰인은 이혼 신고서 제출이라는 이벤트를 〈조금 특이한 추억〉으로 삼고 싶다는 생각에서 동행자로 〈아무것도 하지 않는 사람〉을 선택했던 건데, 그렇다면 어째서 조금 특이한 추억으로 삼고 싶었던 걸까. 하나는, 단순히 자기 마음만 힘든 이벤트가 되는 게 분했기 때문이다. 전 남편은 어딘가 다른 먼 장소에 있으며 서류만 의뢰인 앞으로 보내왔다고 한다. 그러니 의뢰인이 절차부터 제출까지 전부 짊어져야 했는데, 〈어째서 나만 이런 우울한 작업을 해야 하나〉라고 생각하니 견뎌 낼 수가 없었다.

　　또 하나, 너무 우울한 나머지 혼자서는 실행에 옮기기가 힘들었단다. 관청이 닫기 직전에 마지못해 가게 될 것 같은데, 그렇게 어수선하게 처리하기는 싫고, 오후에 일찌감치 제출하러 갈 수 있도록 누군가와 약속을 잡으면 마음에 여유가 생길 것 같았다고.

　　레스토랑 앞에서 의뢰인과 만났을 때, 의뢰인은 〈처음 뵙겠습니다, ○○(현재 성)입니다〉라고 인사한 뒤, 이혼 신고서 제출이 끝나거든 마지막에 〈수고하셨습니다, ××(옛 성) 씨〉라고 말해 달라고 부탁을 했다. 그래서 그렇게 하고 헤어졌다. 다른 이의 인생

1 3 6

에 그어진 경계를 넘은 느낌이 들어서 재미있었다.

집을 나가 버린 동거인의 짐을 갖다주어야 하는데 동행해 주셨으면 합니다. (짐을 〈아무것도 하지 않는 사람〉님께 들어 달라고 하지는 않을 겁니다.)

〈이혼 신고서 제출에 동행해 주기 바란다〉는 의뢰와 비슷하게 느껴지는 경우로 위와 같은 의뢰도 있었다. 의뢰인은 마찬가지로 여성이었는데, 그 동기도 비슷했다. 헤어진 상대의 짐이 내 방에 있는 게 싫다, 적극적으로 처분하고 싶은데 내가 수고를 들이기는 분하고 일부러 챙겨 갖다주는 것도 귀찮아서 여지껏 그대로다, 남과 약속함으로써 행동에 옮기고 싶다 등등. 매우 지당한 이유다.

의뢰인과는 아침 9시 정도에 전 남자 친구의 집 근처 역에서 만났다. 그녀는 두 손에 큼지막한 종이봉투를 들고 있었는데, 가져다줄 짐은 추억 같은 것과 상관없이 말 그대로 〈버리는 게 귀찮은 것들〉을 골라 온 것이었다. 그 무미건조함도 어딘가 마음에 들었다. 보다 구체적으로 말하자면 식기 같은, 버릴 때 분리수거가 헷갈릴 것 같은 종류였다. 그 헷갈리는 순간도, 타는 쓰레기인지 안 타는 쓰레기인지 혹은 재활용 쓰레기인지* 조사하는 수고도 아까우며 조사하는 데에 신경을 쓰는 자체가 싫다고 했다.

전 남자 친구 집에 도착하고 나는 조금 떨어진 곳에서 의뢰인이 돌아오기를 기다렸다. 그런데 금방 끝났는지 생각보다 빨리 돌아왔다. 아마도 전 남자 친구에게 오늘 짐을 가져가겠다고 연락을 미리 해뒀었나 보다. 그 뒤 둘이서 카페에 들어가 모닝 세트를 주문했다. 거기서 전 남자 친구와 헤어진 원인이며 그가 얼마나 글러 먹은 남자였는지 한바탕 듣고 헤어졌다.

그리고 그날 중에 이런 DM이 왔다.

✉

오늘 정말 감사했습니다. 아까 전 남자 친구의 단골 카페에 큰마음 먹고 들러 보았더니 역시나 그놈이 있기에 아무 일도 없었던 것처럼 함께 차를 마시며 잠깐

---

* 일본은 네 종류로 분리수거를 한다. 불에 타는 쓰레기, 타지 않는 쓰레기, 자원 쓰레기, 대형 쓰레기로 나뉜다.

얘기도 나눴어요. 헤어진 뒤로 이 가게에도 오기 힘들었는데 이제는 그렇게 불편해할 것도 없을 것 같아요(가게 사람들은 헤어진 줄 모르는 것 같고요). 이것도 다 〈아무것도 하지 않는 사람〉님 덕분입니다! 딱 좋은 기분 전환 계기가 되었어요!

다소 마음이 밝아진 눈치에 뒤탈도 없어 보여 다행이라고 생각했다. 나는 정말 아무것도 하지 않았지만 좋은 촉매가 된 느낌이 들어 속이 후련했다.

원래대로라면 가까운 사람이 맡을 역할을 생판 남에게 맡기는 이유가 다양하지만, 맡게 된 남으로서는 아마 가까운 사람밖에 볼 수 없을, 이른바 인간 드라마라는 것을 여러모로 엿보게 된다. 수많은 의뢰 속에서 하나하나 구체적 사례는 별로 기억하지 못하지만, 침울하거나 분하거나 같은 마음은 인상에 남기 쉬워서 일반화되어 차곡차곡 쌓이는 것 같은 감각이 든다. 그런 일도 있구나! 혹은 버리기 힘든 건 직접 갖다주는구나! 등등.

✉

도쿄에서 저와 관련된 재판이 있는데 방청석에 앉아 있어 주실 수 없을까요. 앉아 있다가 재판이 끝나면 패밀리 레스토랑에 가서 쉴 건데 같이 가주시면 좋겠습니다. (그렇게 무거운 분위기는 아닐 거에요. 잠깐 숨을 돌리려고요.)

위에 적힌 대로 민사 재판 피고인으로부터 방청석에 앉아 있어 달라는 의뢰가 있었다. 하기야 이건 방청석에 앉는 것보다 재판이 끝난 뒤 숨을 돌릴 때 같이 있는 쪽이 주 의뢰다. 피고로 법정에 서게 되는 것은 스트레스가 막대한 일이라 끝날 즈음에는 분명 녹초가 될 테니 재판을 방청한 사람에게 여러 얘기를 하고 싶다는 내용이었다.

의뢰인은 여성이었으며, 꽤 불합리한 소송에 걸려 딱한 상황이었다. 간단히 사정을 설명하자면 애초에 의뢰인은 같은 회사에 다니는 상사로부터 성희롱을 당하고 있었고, 그것을 견디지 못해 성희롱 사실을 사내 메일로 회사 전체에 퍼트렸다. 그랬더니 〈회사 전체에 메일로 퍼트리는 것은 불특정 다수의 사람에게 보이므로 명예 훼손에 해당한다〉고 반대로 고소를 당하고 말았다. 게다가 가해자인 상사는 〈성희롱이 아니라 동의가 있었다, 여자가 먼저 자신을 유혹했다〉고 주장하고 있었는데, 그 주장 역시 최소한 내가 방청석에서 듣는 한으로는 조금도 말이 되지 않았다.

법정에서는 가해자인 상사와 대치해야 하고, 재판 중에는 자신에게 있어 굴욕적인 사건에 난도질을 당할 것이다. 의뢰인은 그것을 충분히 예상하였다. 그래서 그녀는 재판이 끝난 뒤에 누군가와 〈숨을 돌리기〉위해 〈아무것도 하지 않는 사람〉을 이용한 듯하다.

다만 그런 딱한 상황에 있으면서도 의뢰인은 평소 〈아무것도 하지 않는 사람〉의 활동을 응원하면서 언젠가 의뢰를 할 기회를 노리고 있었다며 〈이번이 기회!〉라고 생각했다고 한다. 실제로 의뢰인은 재판 중에는 역시 힘들어 보였지만, 끝나고 들른 패밀리 레스토랑에서 내게 지금껏 재판을 방청해 달라는 의뢰가 들어온 적이 있었는지 물었다. 처음이라고 대답하자 〈좋았어!〉 하고 승리의 손짓을 취했다.

이 패밀리 레스토랑에서는 재판 얘기를 거의 하지 않고, 의뢰인의 남편도 〈아무것도 하지 않는 사람〉의 활동을 재미있어하니 다음에는 남편의 의뢰를 들어 달라고 하는 등 말 그대로 기분 전환이 되는 얘기들을 했다. 지금까지 받은 의뢰 중에 재미있었던 걸 알려 달라고 하기에 나도 기억하는 안에서 여러 얘기를 했다. 아마 올바르게 숨을 돌릴 수 있지 않았나 생각한다.

이 재판 방청 의뢰를 다음과 같이 트위터에 올렸더니 큰 반향이 있었다.

✎

〈자신에 관한 재판의 방청석에 앉아 주기 바란다〉는 의뢰. 민사 재판이었는데 의뢰인은 피고였고 명예 훼손으로 기소당한 상태였다(트집과 같았다). 첫 재판이 불안해서라기보다 끝나고 한숨 돌릴 때 얘기 상대가 있었으면 좋겠다는 생각에 의뢰했다고 한다. 법원 대기실에서 원고와 우연히 마주쳐서 이 DM이 왔을 때는 나도 모르게 가슴이 두근거렸다.

이 DM이란 〈지금 눈앞에 보이는 게 재판 상대예요〉라는 의뢰인의 DM이다. 트위터에 적었듯이 법정에 들어가기 전, 대기실에서 의뢰인이 스마트폰을 만지길래 나도 따라서 만지고 있었더니 그런 DM이 왔다. 법원에 온 것도 처음이었고 「리걸 하이」 같은 법정 드라마 느낌이 들어서 즐거웠다.

덧붙여서 제2장에서 얘기한 대로 나는 평소 모자를 쓰고 다니는데 의뢰인의 변호사로부터 모자를 벗도록 주의를 받았다. 피고 측 방청석에 예의 없는 사람이 있으면 불리해지는 건지 아니면 단순히 방청석에서는 모자를 벗는 것이 규정인 건지 어느 쪽이 됐건 반성하고 있다.

그 뒤, 이 트윗에 관한 반향의 하나로 이런 댓글이 달렸다.

💬

지금까지 서비스 중 가장 놀랍고 동시에 그렇구나, 하고 감탄이 나온 건이다. 아무리 부당한 소송임이 명백한 재판이라도 확실히 스트레스는 받을 테고, 그렇다고 가까운 사람을 부르기에는 심적으로 괴로워서 부탁하기 어려울 거다. 나쁘게 말하자면 아무런 책임을 질 필요가 없는 일면식 없는 사람이라서 좋았을 것 같다.

나는 딱히 아무 생각 없이 이 의뢰를 받은 거였는데, 가까운 사람이 아니라 〈일면식 없는 사람〉에게 동석을 부탁하는 이유로 제법 설득력이 있다고 생각해서 그대로 실어 보았다.

영화나 드라마를 보다 보면 기차 타는 곳에서 친구나 가족의 배웅을 받으며 먼 길을 떠나는 장면이 곧잘 나온다. 그걸 해보고 싶다는 의뢰가 있었다.

✉

아무것도 님, 안녕하세요! 9월 3일 혹시 비어 있을까요? 곧 10년을 살았던 도쿄를 떠나 고향인 오사카로 이사 가는데 혹시 비어 있거든 〈친구 배웅〉 대여 서비스를 신청하고 싶어요. 사진에 나온 이런 거요. 분위기를 잡기 위해 이제 떠나는 집에서 도쿄역까지 함께 이동해 신칸센 타는 곳까지 따라와서 배웅해 주시면 좋겠습니다.

DM에는 기차 타는 곳에서 친구의 배웅을 받는 흔한 장면의 샘플 사진이 첨부되어 있었다.

실제 친구가 그러면 너무 분위기가 살아서 마음이 짠해질 텐데, 그렇다고 생판 남에게 부탁할 수도 없다고 해서 들어온 의뢰다. 나도 〈생판 남〉의 영역은 벗어나지 못하지만 일단은 트위터 DM으로 메시지를 주고받았으므로 아는 사람 정도 사이라고 하지 못할 것도 없었나 보다(아니, 실제로 만날 때까지는 얼굴도 몰랐던 게 맞지만). 아마 의뢰인은 정말로 배웅을 바란다기보다 그 장면을 체험해 보고 싶다는 동기가 더 컸던 게 아닐까 생각된다. 거기에 더해 의뢰인은 고맙게도 이 〈아무것도 하지 않는〉 활동의 팬이라고 하면 좋을까, 나의 트위터를 열심히 봐주고 있던 사람인지라 도쿄를 떠나기 전에 만나 보고 싶다는 마음도 있었던 것 같다.

아무튼 의뢰인과는 집에서부터 도쿄역까지 함께 움직였는데, 평소 나치고는 연기가 없는 진정한 아쉬움으로 배웅을 해냈다고 생각한다. 아니, 그보다 의뢰인이 나의 팬=이해자이기도 해서 얘기를 나누며 즐거웠던 덕분에 꽤 진심으로 아쉬웠다. 나 역시 이런 일을 할 수 있는 사이의 친구가 없기에 하기 힘든 경험이었고, 그 전 단계로 막 짐을 비워서 아무것도 없는 집에 〈아무것도 하지 않는 사람〉으로서 찾아간다는 상황 역시 비일상적 느낌이 들어서 대단했다. 그리고 의뢰인도 도쿄 마지막 날이 좋은 추억으로 남았는지 이런 감사 DM을 주었다.

✉

이사하는 날 혼자서는 어쩐지 불안하지만 친구의 배웅을 받으면 분위기가 숙연해질 게 싫어서 서비스를 이용했는데 상상했던 것 이상으로 즐거웠습니다! 무척 만족했어요! 이제부터 여행을 떠나는 느낌이 들어 두근두근했어요. 늘 자유롭게 움직이고 싶어서 혼자 행동하기 일쑤인데 함께해 주신 덕에 얻은 안심은 말로 다 표현할 수 없습니다. 아무것도 님이 집에 있는 초현실적 느낌도 무진장 재미있었고, 10년을 산 곳을 떠나는데 모르는 사람에게 배웅을 받는 것도 즐거웠고, 괜히 쓸쓸한 마음이 들지 않은 것까지, 모든 게 다 정말 좋았어요! 부탁하길 잘한 것 같아요!

이 의뢰에도 후일담이 있다. 의뢰인(여기서부터 조금 복잡해지므로 〈A 씨〉라고 하겠다)이 이사 간 오사카에서 가게를 연 것 같다는 사실을 트위터로 알게 된 나는, 마침 오사카에 갈 일이 생긴 김에 사전에 알리지 않고 가게에 들렀다. 하지만 가게가 닫혀 있어 A 씨를 만날 수는 없었다.

모처럼 왔으니 뭔가 내가 근처까지 왔던 흔적을 남길 수 없을까 생각하다가 다른 사람으로부터 다음과 같은 의뢰가 있었음이 떠올랐다.

✉

안녕하세요, 갑자기 연락해 실례합니다. 저는 오스트레일리아의 태즈메이니아에 살고 있는데, 요즘 들어 어째서인지 운이 나빠 다음에 무슨 일이 생기면 죽는 게 아닐까 싶을 정도로 겁에 질려 있습니다. 휴대전화 분실부터 시작해 신용 카드를 도용당하고, 운전 중에 캥거루가 튀어나와 보닛과 앞 유리가 박살 나고(캥거루는 무사함), 또 다른 날 앞을 달리던 트럭에서 삽이 날아와 그것을 피하려다가 차가 옆으로 구르는 큰 사고를 일으키고(이로써 차는 폐차함), 작은 일은 그 밖에도 수두룩하지만 큰 사고가 짧은 기간 동안 두 번이나 일어난 바람에 무서워 죽겠습니다.

꽤나 큰 고생을 하고 있는 것 같았는데, 예컨대 저 승사자가 노린다는 것밖에 설명되지 않는 일이 일어나고 있으니 신사 앞을 지날 때 〈가끔씩은 오스트레일리아에 있는 사람도 잘 살펴 달라〉고 마음속으로 빌어 주기 바란다는 의뢰였다. 이 의뢰를 오사카의 A 씨 가게 근방에서 발견한 신사에서 마치고 또 그 신사의 사진도 찍어 트위터에 올렸다. 다행히도 그것이 간접적으로 A 씨에게도 전해진 듯, 그 사실이 기뻤던 것으로 여겨지는 트윗도 (간접적으로만) 볼 수 있었다.

또한 그다음에는 A 씨가 도쿄에 올 일이 생겨 그때 또 〈아무것도 하지 않는 사람〉을 재이용해 주었다.

과연 이 A 씨와 나의 관계는 어떻게 표현하면 좋으려나. 여러 번 반복해 만나 즐겁게 대화를 나눈 시점에서 이미 아무 상관이 없는 남이라고 하기는 힘들다. 하지만 그렇다고 〈친구〉인가 하면 그렇지도 않다.

이 이름을 붙일 수 없는 불확실한 관계성이 여러모로 편한 구석이 있는 것 같다. 〈여러모로〉라고 하면 너무 막연하지만, 〈서로 쓸데없는 배려를 하거나 기대를 가지지 않는다〉 같은 것 말이다.

여기서 한 걸음 더 깊이 파고들어 거리를 좁히면 어

떻게 될까. 심리적 거리가 좁아진다는 것은 곧 관계성
이 변한다는 뜻이다.

　보통은 이름이 붙는 편이 안심되는 경우가 훨씬 많
지 않을까. 친구나 연인이나 부부처럼. 하지만 한편으
로 관계가 고정되어 버리면 거기에 동반된 갑갑함도
생겨나는 게 아닐까 싶다. 친구니까 상대방이 상담을
해오면 조언을 해줘야 한다거나. 다시 말해 그 관계에
이름이 붙어 버리면 붙은 이름에 걸맞은 의무가 생기
고, 붙은 이름에 걸맞은 기대를 짊어져야 하게 된다.
만일 A 씨와 내가 친구였을 경우, 앞으로 일절 연락
을 취하지 않게 되거나 하면 그 나름의 불편함이 남을
지도 모른다. 하지만 딱히 친구가 아니라서 그런 신경
은 쓰지 않아도 좋다.

　〈아무것도 하지 않는 사람〉인 내가 타인과 관여하는
방식은 다소 특수하다고 생각하지만, SNS가 발달하
며 만난 적도 없는 〈아는〉 사람은 압도적으로 늘어 가
고 있다. 〈지인〉이라고 하기에는 멀지만 만나기 전부
터 수중에는 이미 통하는 화제가 있다. 트위터나 인스
타그램이라면 거기에는 〈팔로어〉라는 이름의 관계성

이 존재하며, 서로 본명도 모르는 경우가 드물지 않다. 종래의 커뮤니티와 비교하면 기이하게 생각될지 모르지만, 이 〈친구〉도 〈지인〉도 아닌 신비한 관계성에는 고정적 인간관계에 따라붙는 번거로움은 없는 한편 고독감은 나름대로 누그러트려 주는 그런 편안함이 있는 건지도 모른다. 〈팔로어 수〉처럼 수치화되는 부분에도 그 좋은 의미에서의 무미건조함이 나타난다.

또 이름을 붙인다는 행위는 어떤 것을 그 이외의 것과 구별하는 행위이기도 하다. 즉 경계선을 명확하게 한다는 기능이 있다는 뜻인데, 그런 의미에서는 〈남〉과 〈친구〉의 경계선 부근에 그러데이션이 있다고 한다면, 〈아무것도 하지 않는 사람〉은 그 어딘가를 희미하게 떠돌고 있는 존재인지도 모른다. 구체적으로 어디에 위치하는지는 의뢰인이 어떤 존재를 원해서 의뢰했는지에 따른다. 상대방에 따라 〈케이스 바이 케이스〉인 것이다. 때문에 내 쪽에서는 아무것도 하지 않고, 상대의 영토를 침범하는 짓도 하지 않는다.

제4장

돈에 얽매이지 않는다

인간관계를 가성비로 잴 수 있는가

✏️

어제는 오오이 경마장에서 맥주를 얻어 마시고 마권도 받았는데, 최종 레이스에서 딱 1백 엔어치 산 1등 맞추기 마권이 적중했다(같이 있던 경마 신문 편집자의 입에서 제일 처음 나온 숫자로 하나 샀다). 30분 만에 돈이 열 배가 되는 체험을 하면서 〈1천 엔어치를 샀더라면, 1만 엔을 걸었더라면〉 하고 패가망신하기 딱 좋은 사고방식에 빠진 것을 보면, 도박은 하지 않는 게 좋을 것 같다.

〈아무것도 하지 않는 사람〉 대여 서비스를 시작하고 얼마 동안 내가 받은 질문은 대부분 다음과 같은 두 가지였다.

〈어떻게 생활을 꾸리고 있는가(어떻게 수입을 얻고 있는가)?〉

〈어째서 대여료를 받지 않는가?〉

살아가는 데에는 돈이 필요하므로 자산가나 엄청난 부자가 아닌 한 계속해서 어떻게든 벌이를 해야만 한다.

이 서비스를 시작하면서 이용료를 어떻게 하면 좋을지 정해야 했다. 광고비라는 수입원을 따로 준비하는 게 아니라면 세상의 서비스는 대부분 이용자가 요금을 내면서 성립된다. 따라서 기존 대여 서비스와 마찬가지로 의뢰인으로부터 시급이나 일당이라는 대여료를 받으려고 생각한 적도 있었다. 하지만 자신의 서비스에 합당한 가격을 매기기가 어려웠고 끝내는 귀찮아져서 결국 무료로 했다.

위의 두 가지 질문에 대답하는 형태로 〈생활을 위해 요금을 설정해 수입을 얻는다〉, 즉 의뢰인이 돈을 내고 서비스를 제공한 내가 돈을 받는다는 형식을 취하게 되면 아마도 관계는 거기서 닫혀 버리고 그 이상의 발전은 생겨나지 않을 것이다. 〈아무것도 하지 않는 사람)의 경우, 의뢰인과 수입원이 직결되면 재미가 없어질 것 같았다.

그보다는 의뢰인과 나뿐만이 아니라 그 바깥에 있는 사람들과도 연결될 수 있기를 바랐다.

실제로 시작하고 보니 나에 대한 지급이 발생하지 않기 때문인지 혹은 공짜로 나의 시간을 사용한다는 마음 때문인지 머리를 써가며 독특한 의뢰를 하는 사람이 적지 않았다. 어쩌면 그런 의뢰인의 창조성이 발휘되는 것이 나에게 보수일지도 모른다. 이것이 유료였다면 어땠을까. 대다수의 사람은 요금이 발생함으로써 치른 금액에 걸맞은 것을 요구한다. 즉 본전을 찾으려고 하기 시작하지 않을까.

돈과 인간관계의 주고받기 문제라고 하면 너무 거창할지 모르지만 여기에서는 돈이 힘을 발휘하지 않는 관계성에 대해 탐구해 보고자 한다.

돈 문제는, 책 앞쪽에서도 언급했지만 〈어떤 식으로 수입을 얻어 활동을 이어 가는가(내 문제)〉라는 말 그대로 사활 문제에 더해, 〈우리는 평소 돈을 써서 눈에 보이지 않는 것도 사고 있는 게 아닐까(일반적으로 모두의 문제〉)라는 부분과 관계되어 있다.

후자의 〈눈에 보이지 않는 것〉이란 인간관계다. 본래는 누군가 그 사람과 가까운 관계를 맺은 사람이 메웠을 한 사람분의 공간에 내가 들어간다고 치자. 보통은 거기에 비용이 발생한다. 타인이기 때문이다. 돈이 생기는 배경에는 〈타인〉이라는 조건이 깊은 영향을 끼친다. 하지만 가까운 사람에게도 돈이 들지 않을까? 이에 대해서는 이번 장 후반에서 다루고자 한다.

조금 전 〈대여료를 받으려고 생각한 적도 있었다〉고 했는데, 생각해 보려다가 금방 그만뒀기 때문에 실제로는 거의 도마 위에도 오르지 않았다. 예를 들면, 한 시간에 1천 엔처럼 구체적 숫자를 검토하는 데까지 가지 못하고 순식간에 철회되었다.

애초에 나는 〈시급〉이라는 개념이 별로 마음에 들지 않는다고 하면 좋을까, 내 시간과 돈을 교환한다는 감각이 싫었다. 마치 내가 노예가 된 것 같은 기분이 들어서다.

그보다는 나의 어떠한 활동이 일정 안건을 완료한 결과로써 성과에 따른 성공 보수라는 형태로 돈을 받는 편이 적성에 맞았다.

그렇다면 의뢰 한 건당 요금을 설정해야 하나 생각했으나, 기준이나 시세가 마땅치 않아 역시 금방 관뒀다. 요금 설정을 한다는 것은 뭔가에 대해 어느 정도 비용이 드는지를 표명한다는 뜻이다. 〈돈〉은 상품이나 서비스의 대가로 존재하는 것이므로 물건과 돈을 교환하거나 행위와 돈을 교환하거나, 너무 비싸지도 싸지도 않은 타당한 가격이라는 합의가 있으면 처음으로 〈매매〉라는 거래가 성립한다. 의뢰 내용에 따라 대여 시간이 다른데, 예를 들어 한 건당 5천 엔이라고 정하면 의뢰인은 자신이 쓴 5천 엔을 회수하려고 할지 모른다. 5천 엔을 쓰는 데 30분 만에 끝나면 아까우니까 세 시간 정도 있게 하자, 식으로.

그렇게 되면 내 쪽에서도 되도록 짧은 시간 안에 끝내는 편이 수지가 맞는다고 생각할지 모른다. 의뢰인과 나 서로에게 그런 옹졸한 혹은 공리적 꿍꿍이가 어른거리는 상황은 생각만 해도 괴롭다.

돈이 끼면 거래 형태는 단순해진다 해도 〈아무것도 하지 않는〉 것 자체의 실제 가치가 잘 보이지 않게 될 것 같다. 돈에 발목이 잡혀 중점이 어긋난다면 그런 부분은 처음부터 만들지 않는 게, 다시 말해 무료로 하는 편이 타당할 거라는 결론에 이르렀다. 무료 서비스라면 나도 마음 놓고 〈아무것도 하지 않고〉 있을 수 있을 테고, 의뢰인 쪽에서도 〈어차피 공짜니까〉 이 서비스에 많은 것을 요구하지 않지 않을까. 설령 1천 엔이라도 보수가 있으면 〈나는 손님이다〉라는 의식이 생기기 쉬워진다.

결국 이 서비스를 떠올린 당시에는 비교적 참신한 시도였고 실행에 옮기는 데에 있어서 불안한 마음이 없었던 게 아니었기에, 내 처지에서 수월하도록 생각한 결과 무료가 된 느낌이다. 아무것도 하지 않으니까 돈이 발생하지 않는 편이 자연스럽고, 의뢰인도 그렇게 뻔뻔스러워지지 못한다. 반대로 돈이 발생하면 〈아무것도 하지 않는다〉의 난도가 올라갈 것 같아서, 일단 시작할 때는 요금을 설정하지 않기로 했다.

하기야 여기까지의 얘기는 이 책을 만들면서 〈돈〉이라는 주제를 다루게 되었기에 내 나름대로 다시 정리해서 대답한 결과에 불과하다. 실제로는 그렇게까지 깊이 생각하지 않았었고, 머릿속에는 아무튼 재미있는 일을 하고 싶다는 단순한 욕구밖에 없었다.

모아 둔 돈이 약간 있어서 어쨌든 그걸로 뭔가 하고

싶었고, 그런 의미에서 해외여행이라도 가는 듯한 이른바 오락에 가까운 감각이었다. 폴로어의 질문에 대답하는 형태로 그런 뜻의 트윗도 한 적이 있다.

✉

어떻게 생계를 꾸리고 있는지 비즈니스 모델이 궁금합니다. 불쾌하게 생각하신다면 죄송합니다. 무시해주세요.

✎

아직은 저금으로 생활하고 있습니다. 이 활동은 비즈니스라기보다 재미있어서 하는 일(돈을 모아 해외여행을 가는 듯한)이라고 하는 편이 알기 쉬울지도 모르겠네요.

덧붙여서 교통비를 받을지 말지도 일단은 검토했다. 하지만 만일 교통비를 받지 않으면 설령 미국이나 유럽에서 의뢰가 들어오는 날에는 눈 깜짝할 사이에 저금이 날아갈 것이다. 이 시도의 수명이 다른 요인으로 인해서 짧게 끝나 버리는 것은 뜻하는 바가 아니었으므로 교통비는 받기로 했다.

〈아무것도 하지 않는 사람〉의 대여료는 무료로 하기로 하고, 따로 후원자를 모집할까 생각한 적도 있다. 그것은 (이 서비스의 모델이 된 〈프로 얻어먹기러〉의 수법 그대로인데) 후원자로서 돈이나 그 밖에도 나에게 뭔가를 제공해 주는 사람이 있으면 그 사람의 계정을 트위터 프로필에 일정 기간 게재하는 형태였다. 하지만 방식이 좋지 않았다. 실제로 스폰서가되고 싶다는 사람으로부터 이런저런 것들을 제공하겠다는 요청이 있었지만, 그 안에서 어느 하나를 내가선정해야 한다는 상황에 엄청난 스트레스를 받았다. 그리고 이것이 앞으로도 계속될 거라고 생각하면 겁도 났다.

그렇다면 제공받는 것을 돈에 한정하면 될 얘기일까 생각해 봤지만 그래도 역시 몇 명인가 후보가 있는 가운데 한 명을 스폰서로 고른다는 것이 불가능했다. 게다가 〈아무것도 하지 않는다〉를 표방하면서 〈스폰서가 되어 달라〉고 적극적으로 광고하는 것은 명백히 〈뭔가 하고 있는〉 것에 해당한다.

하지만 지금 만일 어딘가에서 갑자기 갑부가 떡 하

고 나타나서 〈후원자가 되고 싶다〉고 하거든 즉시 받아들일 의향이 있다.

✎

남을 위해 선의로 하는 활동이 아니므로 봉사 활동이 아닙니다. 돈을 넉넉하게 건네주면 망설임 없이 받기도 하고, 어딘가 큰 부자가 큰돈을 조건 없이 출자해주지 않을까, 하는 생각도 합니다.

이건 오해하지 말아줬으면 하는데, 나는 무료라고 해서 봉사 활동을 하고 있을 셈은 손톱만큼도 없다. 사실 오해를 피하고자 과거에 위와 같은 트윗을 한 적이 있다.

좋아서 봉사 활동을 하는 사람을 괄시하거나 부정할 생각은 조금도 없지만, 나는 〈봉사 활동〉이라는 말로부터 순도 높은 선의를 기대하는 압력 같은 것을 무지막지하게 느낀다. 그래서 이것을 봉사 활동이라고 하면 의뢰 내용이나 전말을 보고하는 트윗도 가급적 품행 방정하게 해야 하고, 하나하나 미담으로 만들어 나가야 할 것 같은 의무감을 느끼게 된다.

그러한 기대를 떨쳐 내기 위해 〈아무것도 하지 않는 사람〉을 봉사 활동이라고 착각하는 것 같은 트윗을 발견하면 적극적으로 부정하고 다닌다.

오히려 나는 내가 착해 보이는 것을 최대한 피하고 싶다. 왜냐하면 나는 요만큼도 선한 사람이 아닌 데다가 선한 사람이기를 기대받고 싶지 않기 때문이다. 그래서 눈물을 자아내거나 마음이 따뜻해지는 트윗(결과적으로 그렇게 된 의뢰의 보고)이 늘어나면 〈큰일 났다, 이거 너무 착해 보인다〉는 생각이 들어 일부러 부정적이거나 자신의 결점을 드러내는 트윗을 올려서 균형을 잡으려고 한다. 예를 들면 이런 식이다.

✎

역시 다들 이런 건 서비스를 제공하는 측이 하는 일이라고 생각하나 보다, 하고 반쯤 포기하는 마음이면서도, 〈교통비는 얼마인가요?〉 하고 상대방이 물으면 〈조사해 보면 알잖아요?〉라는 생각이 든다.

프로필에 〈고쿠분지역에서 출발〉이라고 적혀 있으니 스스로 알아보고 계산해 달라는 내용이다. 자신의 가치를 낮추도록 속 좁은 인간으로 셀프 프로듀스를 하는 건데, 이건 〈아무것도 하지 않는 사람〉을 대여하는 고객층을 내가 상정하는 고객층에 가까이하고 싶다는 의도에서다. 그러니까 〈되게 좋은 사람일 것 같다〉 또는 〈이 사람을 대여하면 분명 엄청 재미있을 거야〉 하고 기대를 하거나, 내 서비스 범주 외의 부분까지 요구하는 의뢰가 오면 성가실 것 같기 때문이다.

나로서는 의뢰인의 기대를 가능한 한 배신하고 싶지 않다. 기대에 따르지 못하면 스트레스가 되고, 위의 발언과 모순되는 것 같지만 기대했던 만큼은 아니다, 실망했다 같은 감상이 트위터에 올라오면 유감스럽기도 하다. 그렇다면 미리 기대치를 낮춰 두면 된다. 기대하지 않고 만나면 그렇게 실망은 하지 않을 것이다.

그리고 서비스 자체는 무료이지만 내 기분상으로는 틀림없이 보수를 받고 있다고도 할 수 있다. 하나는 제1장에서도 적은 것처럼 의뢰인의 힘을 빌려 수동적으로 변화나 자극을 즐기고 있다는 것. 또 하나는 대여 서비스 중에 뭔가 재미있는 일이 있었을 때, 〈신난다! 이거 트위터에 올릴 수 있겠다!〉 같은 것이다.

따지자면 후자가 나에게 더 큰 보수다. 만일 내가

대여료를 받았더라면 설령 의뢰인이 누군지 알 수 없다고 하더라도 트위터에 의뢰 내용을 올리기는 어려웠을 테다. 적다 하더라도 돈을 받았는데 이렇게 익살스럽게 쓰면 미안한 마음에 어딘가에서 제동이 걸렸을지도 모른다. 반대로 말하자면 무상이므로 내 고집대로 또 내 멋대로 써댈 수 있다. 뭐, 결과적으로 그렇게 된 게 맞지만……

내가 무료로 서비스를 제공하는 것과 관계가 있는지 없는지 모르겠지만 〈아무것도 하지 않는 사람〉을 지루하게 하지 않으려는 의도가 엿보이는 독특하거나 기술적이거나 하는 의뢰도 꽤 많다.

예를 들면 〈여대생이 된 기분으로 하루를 보내 주기 바란다〉는 의뢰가 그랬다. 이건 꽤나 예상 밖이기도 했고, 또 먼 지방에서 올라온 여대생의 기분으로 걷는 시부야는 즐거웠다. 이런 것도 어떤 의미로 보수라고 할 수 있을지 모른다. 의뢰인의 트윗도 즐거운 분위기여서 아래에 그대로 실어 본다.

어제 아무것도 님을 대여했습니다. 의뢰 내용은 〈또 한 명의 제가 되어 주세요〉. 바빠 죽겠어, 내가 한 명 더 있었더라면! 하는 생각에 정말로 또 한 명의 저를 만들어 보았습니다. 쭉 먹고 싶었던 커피숍 니시야의 푸딩을 또 한 명의 제가 먹어서 만족했습니다(언젠가 나도 갈 거야).

계속 사고 싶었던 책도 사다 주었고 선물까지 챙겨 주었습니다. 또 한 명의 저는 엄청 좋은 사람이었어요. 오늘 하루의 일을 사진으로 찍어 달라고 부탁했는데 사진으로 모르는 카페를 추천해 주어서 다음에 가보려고 합니다. 잡화점에도 간 걸 보니 하루 동안 여대생 생활을 만끽한 것 같아요.

저녁에 이케부쿠로에서 진짜 저와 합류해서 오늘 하루를 보고받았습니다. 아무것도 님과 세대 차이는 느껴졌지만 즐거운 모임이었어요. 마지막에 진짜 저로부터 꽃다발 증정! 사실 이것도 제가 하고 싶은 일의 하나였습니다. 때마침 눈에 띈 안개꽃의 꽃말이 〈감사〉라서 안성맞춤이었죠. 어제 하루, 정말 감사했어요.

덧붙이자면 첫 번째 트윗에 〈커피숍 니시야〉라고 되어 있는데, 실제로 가보니 가게 이름은 〈커피 하우스 니시야〉였다.

제3장에서 언급한 기차역 배웅 같은 것도 이런 기술적 의뢰의 카테고리에 들어갈지 모른다. 그런 의뢰를 보고 있으면 의뢰인이 〈아무것도 하지 않는 사람〉이라는 주제로 재미있는 해답을 내놓는 놀이라도 하는 것 같다.

한편으로 그런 놀이 같은 의뢰에 대해 너무 애쓰지 말았으면 하는 마음도 적지 않다. 물론 아이디어를 내주는 것은 고맙지만 의뢰를 재미있게 만들려고 지나치게 배배 꼬면 괜히 더 썰렁해진다. 나 역시 경험이 있어서 안다. 실제로 너무 지나친 나머지 재미없다고 느낀 의뢰는 거절한다. 유튜버가 〈이런 기획을 생각해 봤어요!〉 같은 분위기로 넣는 의뢰는 대부분 거절

하고 있다. 대체로 썰렁하기도 하거니와 그 썰렁함에
내가 휘말려 드는 것도 서로 힘들다. 제2장에서 생리
적 반응에 따라서 〈못 하는〉, 〈하고 싶지 않은〉 일에서
도망친다는 뜻의 얘기를 했는데 원리는 마찬가지다.
직감으로 〈썰렁하다〉고 느끼면 더 따질 것 없이 거절
하는 수밖에 없다.

　나로서는 억지로 의뢰를 만들어 내는 게 아니라 어
디까지나 평탄하게 일상생활에서 이용할 수 있을 듯
한 상황에서 이용해 주는 게 자연스럽고 이상적이다.
본인도 의도하지 않았던 상황에서 갑자기 문득 수요
가 발생한다면 그게 재미있는 의뢰이지 않을까.

　이렇게 생각하는 데에는 이유가 있다. 〈아무것도
하지 않는 사람〉 대여 활동은 의뢰인이나 팔로어들로
부터 큰 응원을 받는다고 느끼기 때문이다. 〈아무것
도 하지 않는〉 것을 응원받는다는 것도 꽤 이상한 얘
기지만, 아, 응원해 주고 있구나, 하고 내가 생각하는
것은 그 사람이 재미있는 의뢰를 할 기회를 노리고 있
다는 것을 알았을 때다. 그래서 그냥 단순히 DM으로
〈재미있네요, 응원하고 있어요!〉라고 보내와도 마음
속으로 혀를 찰 뿐이다. 뭐야, 일부러 DM까지 보내면

서 의뢰를 하지 않네, 하고.

한편, 의뢰가 완료된 후에 이제까지 비슷한 의뢰가 없었음을 알고, 〈좋아!〉 또는 〈재미있는 의뢰 성공!〉 이라고 덧붙이거나 자신의 계정에서 적극적으로 의뢰의 전말을 보고하는 의뢰인은 나를 응원해 주는 사람이라고 믿어 의심치 않는다. 물론 의뢰 내용 및 성과를 〈트위터에 공개하지 말아 주세요〉라고 하는 의뢰인도 적지 않다. 하지만 그런 경우 대부분은 의뢰인이 오랫동안 품어 온 고민을 공유하는 등 절실한 의뢰이기에 그건 그것대로 고맙게 생각한다.

🅐

〈아무것도 하지 않는 사람〉 대여 얘기를 하면 다들 돈에 굉장히 신경을 쓴다. 누구나 돈에 얽매이고 돈에 엄청난 관심을 쏟는 게 느껴진다. 당연한 일이라면 당연한 일이지만.

🅐

전에 처음 의뢰했을 때 알고는 있었지만, 돈이 신경 쓰이더라고요. 커피 한 잔에 이렇게 긴 시간을 보내도 가끔 척 보기부터 돈이 없는 듯한 사람에게서도 의뢰를 받을 때가 있다.

아직 서비스를 시작하고 얼마 되지 않았을 무렵, 대화를 통해서도 돈이 없는 듯한 느낌이 진하게 전해져 왔던 의뢰인이 나에게 교통비를 내주려고 했을 때, 나도 모르게 너무 애쓰지 말아도 된다고 말해 버렸다. 돈이 없어 보이는 사람에게서 돈을 받는 데에 스트레스를 느꼈기 때문이다. 결국 의뢰인이 〈아뇨, 이런 건 확실히 하고 싶어서요〉라고 해서 받기로 했다(나중에 보니 편도 차비였다).

그 의뢰인은 학생이었는데 당연하지만 학생이란 으레 돈이 없는 법이다. 그래서 아직도 교통비를 받기 꺼려지는 경우가 있다. 나의 〈거리낌 없이 교통비를 받고 싶다〉는 일방적 마음에서지만.

따라서 DM 의뢰서를 통해 의뢰인이 돈이 없는 것 같으면 그 시점에서 의뢰를 거절하는 경우가 꽤 있다. 예를 들어 〈교통비는 편도인가요? 왕복인가요?〉라고 묻거나(당연히 왕복이다!), 의뢰인이 돈을 내기를 꺼리는 사람 같으면 순식간에 마음이 내키지 않아진다. 그런 점에서도 역시 나에게 봉사 정신은 전혀 없다.

현재 시점에서 가장 교통비가 많이 든 의뢰는 후쿠오카에 갔을 때로, 하네다 공항에서 저가 항공이 아닌 비행기를 타서 왕복으로 5만 엔 정도였던 것 같다. 의뢰 내용은 공개할 수 없지만 의뢰인에게는 대단히 중대한 건이어서 그만한 금액을 치를 가치가 있었던가 보다.

하지만 그렇게 생각하면 이용 요금이 무료라도 의뢰인이 사는 장소가 고쿠분지역에서 멀어지면 멀어질수록 그 의뢰 내용과 나를 현지에 부르기 위해 드는 교통비를 저울질하는 작업에 더욱 신중해진다.

예를 들면 바에서 1일 점장을 맡아 달라는 종류의 의뢰 중에는 은근히 가게 홍보를 노리고 있다고 할까, 개중에는 완전히 광고가 목적인 것도 있다. 그럭저럭 유명해진 〈아무것도 하지 않는 사람〉을 불러 손님을 모으는 효과를 바라는 것이다. 내가 점장을 해서 손님이 안 오면 어쩌려고, 손님을 모으는 효과가 없으면 미안한 마음이 들어서 〈나는 부르면 어디라도 나타나는 존재라 나를 만나기 위해 누군가가 찾아오는 효과는 없다〉고 못을 박은 뒤 받아들이고 있다.

교통비와 관련해서 이런 트윗을 한 적도 있다.

🖉

교통비를 내주신다면 해외라도 가능합니다. 다만 받을지 말지는 의뢰 내용에 따릅니다. 의뢰가 있었던 가운데 가장 먼 곳은 중앙아메리카 트리니다드 토바고 (여행 동행 의뢰, 치안이 걱정되어 거절)였습니다. 지금껏 의뢰에서는 후쿠오카가 가장 멀었습니다.

트리니다드 토바고 건은 〈해외여행에 친구를 꾀어도 아무도 같이 가려고 해주지 않는다〉는 의뢰였다. 아마 나와 같은 이유로 친구가 거절하지 않았을까. 나도 치안이 좋고 나쁨에 매우 민감하다고 할까, 취약한 인간이라 무슨 일이 나면 분명 금방 죽어 버릴 것이다.

🖉

요전에 의뢰인이 〈만약 친구라면 이런 식으로 쓸데없는 얘기를 하거나 침묵이 이어져도 괜찮은 사이가 되기까지 몇 년이나 되는 시간과 그만큼의 돈이 든다,

하지만 《아무것도 하지 않는 사람》을 부르면 그 시간을 다 건너뛸 수 있다, 지금 꽤 사치하는 기분이다〉라고 말해서 이 서비스에는 비용 삭감 효과도 있다는 것을 알았다.

이번 장 앞부분에서 애초에 친구나 연인 그리고 가족과 같은 친근한 사이에도 비용은 생기는 게 아니겠느냐고 적었다. 하지만 솔직히 〈아무것도 하지 않는 사람〉에게 비용 삭감 효과가 있다고는 그때까지 생각해 본 적이 없었다. 비용 삭감과는 다른 표현으로 적당한 관계에 있는 사람을 싼값에 가벼운 마음으로 조달할 수 있는 정도로는 생각했지만, 〈친구에게 들어가는 비용〉과 비교한다는 발상은 없었으며 〈아무것도 하지 않는 사람〉은 친구와는 다른 존재로 생각하고 있었다.

그런데도 이 의뢰인은 나를 제법 오래 어울린 친구와 동등한 존재로 간주한 것이 신선했다. 내가 생각하는 이상으로 의뢰인(물론 사람에 따라겠지만)은 〈아무것도 하지 않는 사람〉을 허물없는 사이로 느끼는구나, 하고.

이때의 의뢰는 쇼핑에 같이 가자는 것이었다. 하지만 당일 나는 지각하는 바람에 현장에 도착했을 때는 의뢰인의 쇼핑이 거의 끝나가고 있었다. 그래서 그 뒤 카페에 디저트를 먹으러 가는 데에도 동행했다. 〈아무런 거리낌 없이 끌고 다닌다〉까지는 아니라도 의뢰인의 뜻에 전면적으로 맞추는 느낌이 오래 어울린 친구 같았던 건지도 모른다.

다만 나는 의뢰해 주는 사람을 〈허물없는 사이〉로 느끼지는 않는다. 그렇다고 불편한 마음이라는 게 아니라, 나는 의뢰받은 대로 아무것도 하지 않을 뿐이고, 아무 생각이 없는 것뿐이다.

비용 삭감 얘기를 좀 더 해보자면, 이 의뢰인은 친구와의 사이에 나름의 굳은 관계성을 쌓으려면 〈몇 년이나 되는 시간과 그만큼의 돈이 든다〉고 얘기했다. 그리고 그 점을 〈건너뛸 수 있는〉 것이 〈아무것도 하지 않는 사람〉의 장점이라고. 다시 말해 친구 관계의 구축이나 유지에는 비용이 든다. 그 비용이란 시간, 정신, 돈 등 여러 가지가 있다. 무료인 〈아무것도 하지 않는 사람〉은 금전 면은 말할 것까지도 없고, 그 외의 부분에서도 가성비가 좋다는 얘기다. 새롭게 생겨난 부가 가치가 그저 신선하게 느껴졌다.

〈대가〉라고 하기에는 거창할지 모르지만 나도 친구란 돈이 드는 존재라는 인식이다. 누군가와 밥을 먹으러 가거나 술을 마시러 가거나 놀러 가거나 할 때, 내가 일방적으로 받기만 한다면 그 누군가와 친구 사이 같지는 않을 것이다. 애초에 나는 친구나 우정의 정의를 잘 모르겠고, 사람에 따라 그 정의도 다르겠지만, 그런 말에 포함되는 행동이나 상황에는 자신이 지갑을 열어 돈을 내는 이미지가 따라붙는다. 친구와 술을 마시러 가면 더치페이로 계산하고 상대와 비슷한 정도의 금액을 지급함으로써 대등한 관계라는 식이다. 즉 〈빚〉을 만들고 싶지 않은 것이다.

또는 친구 집에서 게임을 하는 경우에도, 언뜻 보기에는 돈이 들지 않을 것 같지만 그 친구의 집까지 전철을 타고 갈 필요가 있다면 교통비가 발생한다. 또 과자나 주스를 사게 되면 역시 각자 부담하게 된다.

어쩐지 매우 쪼잔한 얘기를 하는 기분인데, 누군가의 집에서 게임을 한다고 하더라도 한 번 놀러 간 정도로는 나는 그 누군가를 〈친구〉라고 하지 못한다. 반복해서 그 사람의 집에 놀러 가는 등 지속적 관계가 요구된다는 점에서 시간적 비용도 들어간다.

또 친구 관계에서는 비용과는 별개로 〈빚〉이 생겨나는 경우도 있다. 예를 들면 만화나 책을 빌리고 빌려주고 하는 게 거기에 해당하는데, 이 경우에도 정신적 비용이 발생한다고 생각한다.

나도 회사원 시절에 (친구에 가까운) 동료와 만화책을 서로 빌리고 빌려주고 할 때가 있었는데, 솔직히 나는 남이 권하는 만화를 보는 게 별로 내키지 않는 타입이다. 하지만 〈이거 재미있어, 빌려줄게〉라는 말을 거절하기도 미안해서 마지못해 빌리곤 했다. 거기다가 난처하게도 빌린 이상 틀림없이 보는 것은 물론이요, 돌려줄 때는 그 만화 감상도 세트로 돌려줄 필요가 있었다. 상대방도 추천 만화를 빌려준 이상 그것을 기대하는 것은 당연하다.

그렇게 되었을 때 그 만화가 나에게는 재미가 없었어도 〈재밌더라〉라고 거짓말을 하거나, 솔직한 감상을 말하더라도 분위기가 나빠지지 않도록 신중한 말로 만화 내용을 평가해야 한다. 그건 큰 스트레스가 된다.

이 정신적 비용은 구체적으로는 〈상대방에게 맞추

는 비용〉이라고 할 수 있다. 제1장에서도 적은 것처럼 나는 고정 커뮤니티에서 인간관계를 쌓는 게 맞지 않다는 자각이 있는데, 바로 〈상대방에게 맞추는 게 굉장히 어렵기 때문〉이다. 적응을 잘하지 못해서 남들 이상으로 정신적 비용이 커진다.

그리고 그 비용을 치르지 않아도 좋아지기 위해서는, 즉 상대방에게 맞추지 않아도 좋은 관계가 되기 위해서는 역시 그에 상응하는 비용이 든다. 아마도 때로는 싸움도 하거나 〈저기, 계속 얘기하려고 했는데……〉 같은 긴장감 있는 대화를 거쳐서(당연히 그 사이에 시간적 비용도 쭉 들어간다), 비로소 〈요전에 빌린 만화는 별로더라〉 하고 편하게 얘기할 수 있을 정도의 관계가 되는 게 아닐까. 그 부분을 〈생략할 수 있다〉는 의미에서는 확실히 〈비용 삭감〉이라고 할 수 있고, 〈아무것도 하지 않는〉 것으로 〈아무것도 시키지 않는다〉는 효과가 생겨났다고 해석하는 의뢰인이 나타난 것은 단순히 재미있는 일이라고 생각했다.

의뢰인 중에 비슷한 식으로 느끼는 사람이 있었다. 트위터에 올려서 〈좋아요〉가 4천을 넘었던 예를 하나 더 붙여 두겠다.

의뢰하는 측, 받는 측, 어느 쪽에나 일상생활 속 고정된 역할에서 받는 자잘한 스트레스는 당연히 존재한다. 하지만 보통은 그렇다고 달리 대역이 존재하는 게 아니다.

의뢰인이 혼자 일이나 공부를 하는 것을 〈지켜보

는) 타입의 의뢰 때는 내가 심심하지 않도록 의뢰인 쪽에서 만화 같은 것을 준비해 주는 경우가 자주 있다. 나는 그 만화를 보지만 미리 〈아무것도 하지 않는다〉고 얘기를 해두기 때문에 감상을 말할 필요도 없고 요구를 받지도 않는다. 뭐하면 만화 말고 스마트폰을 보고 있어도 된다. 말하자면 〈부탁도 안 했는데 의뢰인이 마음대로 만화책을 준비해 온〉 상황이므로 나로서는 마음을 쓸 필요가 전혀 없으며, 따라서 정신적 비용은 발생하지 않는다. 이건 무척 편하다.

✎

오늘은 만화가 나가호리 가오루(長堀かおる)* 선생님이 라멘 가게에 데려가 줘서 맛있는 라멘을 먹고, 작업실에 따라가서 대충 만화책을 보거나 질문에 대답하거나 하며 있었다. 그리고 트위터에 작품명이 검색되도록 확실히 적어 달라는 지시를 받았다.

나가호리 선생님의 작업실에는 인기 만화가 많이

• 평범한 회사원이 첫사랑과 만나면서 일어나는 일을 그린 연재 시리즈 『뼛속까지 나에게 바쳐』로 알려진 만화가.

있었는데 얼마든지 마음대로 읽어도 되는 분위기였다. 프로 만화가의 작업실을 만화방처럼 이용한다는 이상한 상황에 무척 흥분했다. 선생님은 기본적으로 묵묵히 작업했는데 이따금 〈누군가가 옆에 있어 주는 거 정말 좋아!〉 하고 외치거나, 초등학생 시절 친구 집 같아서 좋다, 있기만 해도 좋은 사람도 있다는 걸 세상에 널리 말하고 싶다, 딱 좋은 존재감, 정말 딱 좋다 등등 중얼거리곤 했다. 아무것도 하지 않았지만 다행이라고 생각했다.

⊗

누군가가 일하는 것을 감시해 주면 좋겠다는 생각에 대여 서비스를 부탁했다. 말쑥한 청년이 내 뒤에서 조용히 만화책을 보다가 말을 걸면 대답을 해준다. 몇 번이나 〈딱 좋아…… 정말 좋아!〉 하고 중얼거렸는지. 덕분에 작업 모드로 바뀌었다! 누군가 사람이 찾아온다는 것은 강제로 청소를 하게 된다는 점에서도 무척 좋았다. 365일 이부자리를 펴놓고 살아서 발 디딜 틈도 없었던 작업실을 허겁지겁 청소했다. 그나저나 가족이 아닌 사람이 내 방에서 만화책을 보고 있으니 참

신기하다.

아까 회사원 시절 만화책을 빌리고 빌려주고 하던 게 나에게는 스트레스 쌓이는 일이었다는 얘기를 했다. 그럼 어렸을 적은 어땠느냐. 딱히 스트레스를 받지 않았던 것 같다. 뭐, 어린아이에게 있어서 만화책은 가장 중요한 오락의 하나이자 모르는 만화책이나 부모님이 사주지 않았던 만화책을 볼 수 있다는 기쁨도 컸기 때문이리라. 그와 동시에 어렸을 적에는 순수하게 친구 관계를 누렸던 것 같기도 하다.

그런 의미에서 아이와 어른은 친구나 우정에 드는 비용이나 스트레스에 차이가 있는 것이 확실하다. 또한 어른, 특히 사회인이 되면 요구되는 친구 이미지도 점점 복잡해지는 기분이 든다. 예를 들면 술친구나 게임 친구, 공연 친구와 같이 세분화해서 전방위 친구보다 목적에 따른 친구로 요구되기 쉽다. 오해를 무릅쓰고 말하자면 〈대하기 쉬운 상대〉에 일정한 수요가 있는 것은 틀림이 없다.

그건 〈아무것도 하지 않는 사람〉의 의뢰 내용에서도 나타난다. 혼자서는 들어가기 어려운 가게에 가는

데 따라와 주기 바란다, 게임 대회에 함께 참가해 주기 바란다, 아이돌 라이브에 동행해 주기 바란다 같은 의뢰가 그 전형적인 예이다. 그런 의뢰를 하는 의뢰인은 〈그런 데에 가볍게 부를 수 있는 친구가 없다〉라기보다는 〈그런 일 전용 친구가 없다〉라고 하는 편이 정확하지 않을까. 또는 자기 취미에 친구를 말려들게 함으로써 그 친구에게 어떤 종류의 〈빚〉을 지는 데에 주저가 되는 게 아닐까 싶다.

　나도 회사원 시절에는 일의 온/오프나 워라밸 같은 것을 생각하기 시작한 적이 있었다. 그때 내 주위에는 사생활을 충실하게 만들기 위해 편리한 친구를 몇 명인가 〈킵〉 해두고 싶다 같은, 어떤 의미에서 합리적 사고방식을 가진 사람이 꽤 있었는데, 그런 시스템에 나도 속해 있는 걸까 생각하면 힘이 들었다. 다들 서로 대하기 쉬운 상대나 편리한 친구를 원한다는 공통 인식이 있었는데, 그런 속마음 때문에 어렸을 때와는 다른 밀고 당기기도 생겨난다. 나는 거기에 적응할 수 없었다. 뭐, 사생활에서 나를 불러내고 하는 동료는 결국 없었지만······.

　회사 동료라는 존재도 꽤 성가셨다. 〈동기니까〉라

는 이유로 더 사이가 좋아져야 할 것 같은 분위기가 만들어지거나, 이른바 〈동기 모임〉에 반강제적으로 참가해야 하거나. 그저 단순히 같은 해에 입사한 것뿐인데 평범한 동료와는 다른 관계성이 강요되는 데에 적응할 수 없었다.

그렇게 해서 용도에 따라 친구 역할이 요구되는 게 스트레스였는데, 지금은 아무것도 하지 않음으로써 의뢰인이 원하는 역할을 연기하는 셈이 된다. 누차 강조하지만 나는 앞서 예로 든 〈동행〉 의뢰를 싫어하는 게 절대로 아니다. 오히려 편하다. 왜냐하면 거기에는 거짓이 없으니까.

만약 내가 사생활에서 누군가에게 혼자서는 들어가지 못하는 가게가 있는데 같이 가달라고 부탁받는다면 〈왜 나한테?〉 하고 지레짐작할 것이다. 거기에 뭔가 다른 목적이나 밀당이 숨어 있는 게 아닐까 하는 의심이 자연스레 들 것 같은데, 〈아무것도 하지 않는 사람〉을 이용하는 사람에게는 그게 없다. 어디까지나 목적을 달성하기 위한 도구로써 아무런 꿍꿍이 없이 나를 쓴다는 걸 알 수 있어서 안심이다.

✉

라멘 지로* 오기쿠보점에서 같이 라멘을 먹으면 좋겠어요. 이유는 제가 지로계 라멘 가게에 가본 적이 없어서 주문 방법을 모르고, 또 살벌한 분위기 속에서 혼자 라멘을 먹기가 불안하기 때문입니다.

✎

라멘 지로에 동행해 주기 바란다는 의뢰. 반년 전에 〈가게 앞에 줄 서는 동안 얘기 상대가 되어 주기 바란다〉는 의뢰로 가본 적이 있어서 처음 가는 게 두려운 마음이 매우 이해되어 받아들였다. 대여 활동 개시 첫날에도 라멘 동행 의뢰가 있었기에 딱 반년이 되는 오늘 먹는 라멘은 감회가 깊었다.

〈혼자서는 들어가기 어려운 가게〉에 〈친구〉를 불러 가지 못하는 이유는 무엇인가. 조금 더 생각해 보고자 한다.

• 도쿄에서 시작한 전국 라멘 체인점. 압도적인 양과 진한 국물로 유명하다. 〈지로〉라는 이름은 1968년 개업 당시 큰 인기를 얻었던 인스턴트 라멘 〈타로〉를 오마주한 것. 지로계라고 불릴 정도로 짜고 중독되는 맛이 특징이며 라멘 위에 올릴 다양한 토핑을 고를 수 있다.

앞에서 〈그런 일에 딱 맞는 전용 친구가 없으니까〉라는 하나의 결론 같은 것을 내놓았으나, 그와 동시에 역시 친구에게 〈빚〉을 지고 싶지 않다는 이유도 크지 않을까.

니시고쿠분지에서 〈구루미도 커피〉라는 인기 카페를 경영하는 가게야마 도모아키(影山知明)가 쓴 『천천히 서둘러라, 카페에서 시작하는, 사람을 수단화하지 않는 경제(ゆっくり、いそげ~カフェからはじめる人を手段化しない経済)』라는 책이 있는데 그 안에서 〈증여론〉에 대한 얘기가 있었다. 증여란 말할 것까지도 없이 남에게 뭔가를 주는 행위인데, 뭔가를 받은 사람은 준 사람에게 답례로 더 좋은 뭔가를 주려고 한다. 그렇게 해서 증여는 순환되기 쉬운데, 서로 증여가 같은 값이면, 플러스마이너스 제로로 정산되어 버리면 관계가 계속되기 어려워진다고 한다.

그와 비슷한 얘기를 우정에서도 할 수 있지 않을까.

개인적으로 우정이 계속되는 배경에는 〈빌리고 빌려주고〉를 정산했을 때 잉여분의 축적이 있다고 생각한다.

예를 들면 이제까지 고민이나 불평을 털어놓거나

해서 A에게 〈빚〉이 있는 B가 있다고 하자. B는 그 빚을 정산하기 위해 A에게 보답하면서(빚을 지우면서), 본래의 빚보다 많이 돌려주고 말았다. 한편 A로서는 자기가 지운 〈빚 이상의 빚〉을 돌려받았으므로 다시 B에게 빚을 지워 차이를 메우려고 한다. 하지만 역시 A 역시 너무 돌려주고 말아서…… 같은, 〈너무 많이 받았으니 갚아야 한다〉는 서로 간의 잉여분 돌려주기가 우정을 유지하는 게 아닐까.

가게야마는 그러한 〈자신이 더 많이 받았다〉는 감각을 〈건전한 부채감〉으로 표현하며, 그 감각을 지니고 있으면 관계는 오래간다고 적었다. 그 얘기 자체는 굉장히 재미있다. 하지만 나는 개인적으로 특정 커뮤니티 속에서 〈많이 받았다〉는 감각을 계속 안고 있는 게 어마어마한 스트레스다. 나 자체가 아무것도 하지 못해서 〈아무것도 하지 않는〉 일을 시작했을 정도라 친구가 뭔가를 해주었을 때 어떻게 보답하면 좋을지 모르게 되어 버린다. 게다가 〈정신적 빚〉은 금전처럼 수치화할 수 없어 빚을 지운 당사자의 견적과 빚을 진 사람의 예측에 오차가 생겨난다. 〈은혜를 원수로 갚는다〉는 옛말이 있는데, 빚을 진 사람이 빚이 있는 줄 생각조차 하지 못한 경우가 생긴다.

설령 기적적으로 빚을 지운 측과 진 측의 견적이 서로 같다고 하더라도, 빚을 진 이상을 돌려줄 수 있는가, 하는 부분에 다시 장애물이 나타난다. 나라면 내가 받은 것보다 많이 돌려주기는커녕 같은 값에도 크게 못 미칠 거라는 확고한 자신이 있다. 따라서 원래대로라면 한시라도 빨리 정산하고 싶은데 점점 〈건전한 부채〉가 부풀어 올라 거기에 마음까지 점점 불편해진다. 어느 시점에서 〈건전한 부채〉는 순수한 부담감으로 변한다.

그리고 요즘 시대에(라고 하면 너무 거창하고 내가 시대를 논하는 것도 우습지만 구태여) 이러한 건전한 부채감에 기반한 서로 간의 잉여분 돌려주기를 귀찮게 느끼는 사람은 꽤 많지 않으려나 생각한다. 명절 선물이나 연하장 등 형식뿐인 의례는 그만두자는, 이른바 허례허식 폐지 같은 것도 그런 가운데 하나일지 모른다. 좋아서 하는 사람을 뭐라고 하는 건 아니지만, 사람에 따라서는 개인적 감정이 얽혀서 숨이 막히기도 한다. 그렇기에 빚을 신경 쓰지 않아도 되거니와 정산도 교통비와 식비라는 실비로 끝나는 〈아무것도 하지 않는 사람〉이라는 존재에 수요가 발생하는 걸까 싶다.

진부한 표현이지만 이 수요란 인간관계의 범위가 SNS로 인해 과거와 비교되지 않을 정도로 넓어진 것과도 관계되어 있다. 옛날 같으면 발신하는 기점과 착지점이 1대 1로 대면하는 인간관계였기에 그 안의 빚 정리만 신경 쓰면 됐다. 하지만 지금은 SNS에 의해 빚을 지고 지운 정보가 가시화되어 어디까지고 확산될 수 있다.

조금 다른 얘기일지 모르지만 최근 소개팅 앱이 유행하는 것은 자신이 소속한 커뮤니티에서 만남을 찾으려고 하면 금방 들통이 나서 모든 행동이 다 새어 나가기 때문이라고 들은 적이 있다. 만남의 대상을 자신이 소속한 커뮤니티 밖에 있는 모르는 상대를 찾기 위해 소개팅 앱을 이용한다는 것이다.

이것과 마찬가지로 누군가에게 빚을 만들지 않으면 할 수 없을 듯한 일을 할 때 자신이 속한 커뮤니티와는 관계없는, 생판 남인 〈아무것도 하지 않는 사람〉을 주목하게 되는 게 아닐까.

✉️

안녕하세요. 갑자기 DM을 보냅니다. 좋아하는 사람에게 1만 엔을 기부하는 계획을 하고 있는데, 괜찮으면 받아줄 수 있나요?

✏️

1만 엔을 받아 달라는 의뢰로, 2년 이내에 1백 명에게 1만 엔을 주는 것을 목표로 한다고 했다. 나는 남에게 돈 걱정하게 할 때마다 〈뭐, 돈은 잘 알 수 없는 경로로 생기기도 하니까요〉라고 허세를 부리는데, 정말 잘 알 수 없는 돈이 들어와서 흥분했다.

제2장에서도 비슷한 의뢰를 다뤘는데, 〈아무것도 하지 않는 사람〉은 무료 대여 서비스를 표방하고 있지만 의뢰인 중에는 사례로 기프트 카드를 주는 사람이 꽤 있다. 하지만 역시 현금을 주는 사람이 있으리라는 건 상상조차 하지 못했다. 의뢰인에게 계좌 번호를 가르쳐 줬더니 정말로 돈이 들어왔는데, 그저 기뻤다. 기프트 카드도 꽤 기쁘지만 어딘지 모르게 개운하지 못한 느낌이랄까, 아마존 기프트 카드는 아마존에서

만 쓸 수 있으니…… 그럴 거면 현금을 주지 싶어진다.

또 기프트 카드와 함께 많은 것이 스타벅스 쿠폰 (5백 엔)인데 솔직히 말하면 나는 스타벅스에 잘 가지 않는다. 그래서 〈그렇게 5백 엔 줬다고 기분 내봤자〉라는 아주 뻔뻔한 감정이 싹트고 만다. 나에게 쿠폰을 준 것은 좋은 마음에서라는 것을 잘 알지만 억지로라도 스타벅스에 가야 한다는 압박감도 최근 들어 느끼고 있다.

물론 사례로 현금을 주는 것은 실례인 것 같다거나 상하 관계가 발생할까 염려가 된다, 또는 속물적 느낌을 준다는 것도 이해한다. 현금 그대로가 더 못해 보이는 것도 안다. 예를 들면 5백 엔 동전과 5백 엔분 스타벅스 쿠폰을 비교해 봤을 때 후자가 스타벅스라는 브랜드로 포장된 만큼 품위 있어 보이고 선물 느낌도 난다. 하지만 받는 측에서 보면 5백 엔 동전을 휙 건네주는 편이 훨씬 기쁘다.

더 이어서 적어 보자면 로손이나 세븐일레븐의 커피 무료 교환권(1백 엔)도 곧잘 받는데, 나는 편의점에서 커피를 사지 않아서 절대 쓸 일이 없다. 그래서 커피 쿠폰을 준 의뢰인에게 〈감사합니다〉라고 말하는 데에 최근 스트레스를 느끼고 있다. 이번 기회에 확실히 말해 두겠다. 소액이라도 현금이 더 기쁘니 굳이 꼭 사례하고 싶은 분은 현금을 주십시오.

　무료라고 하면서 모순될지 모르겠지만 돈을 받을 수 있는 가능성이 있다면, 나는 받고 싶다. 왜냐하면 고쿠분지역에서 의뢰 목적지로 향할 때, 교통비는 비싸지만 일찍 도착할 수 있는 루트와 교통비는 싸지만 시간이 걸리는 루트가 있으면, 스트레스 없이 전자를 선택할 수 있다는 점에서 1백 엔이든 2백 엔이든 기쁘기 때문이다.

✉

한번 해보고 싶다고 생각하면서 하지 못한 일 중 하나로 〈온종일 야마노테선*을 타고 보낸다〉가 있습니다. 분명 혼자라도 운치가 있겠지만 누군가와 잡담을 나누며 하루를 보내는 것도 좋겠다는 생각에 부탁드립니다.

　• 도쿄를 대표하는 전철 노선으로 도쿄 중심을 한 바퀴 도는 순환선이며 상징색은 녹색이다. 서울의 지하철 2호선과 곧잘 비교된다.

✎

오늘은 표 한 장으로 야마노테선을 막차까지 계속 타고 있다. 〈야마노테선을 타고 하루를 지내보고 싶으니 함께해 주기 바란다〉는 의뢰를 받아 야마노테선을 타고 열세 바퀴나 돌았다(도쿄 시내 자유 승차권인 도쿠나이 패스를 쓰지 않으면 부정 승차가 되므로 조심할 것). 온갖 군상들이 나오는 현실적 연극을 보는 것 같아 재미있었지만, 사람들로 붐비기 시작할 때는 한 사람분의 공간을 차지하고 있는 데에 미안한 마음도 들었다.

지금까지 중에서 가장 긴 시간을 서비스했던 의뢰다. 나는 이렇게 오랜 시간을 쓰는 데에 아무런 거부감이 없다. 남의 시간을 차지하는 게 뭐가 나쁜지 모르겠으며, 서로 이해한다면 거기에 돈이 생기지 않아도 상관없다.

한편으로 〈남의 시간을 구속한다는 건 이런 거로 생각한다〉며 현금으로 1만 5천 엔을 준 의뢰인도 있었다. 〈디즈니랜드에 같이 가길 바란다〉는 의뢰였다.

듣자 하니 이 의뢰인 여성은 남에게 돈을 써서 뭔가 하는 것을 좋아한다고 했다. 하지만 평소에는 그렇게 돈을 쓸 곳이 별로 없어서 〈남에게 돈을 쓰는 데에 굶주려 있다〉는 얘기였다. 그런데 왜 디즈니랜드인가 하면 조금 복잡해진다. 우선 의뢰인은 도호쿠 지역에 살고 있는데 디즈니랜드에서 결혼식을 올리는 친구를 축하하려고 도쿄에 왔다. 그리고 그 결혼식에 함께 가기로 한 친구와 결혼식 전날 디즈니랜드에서 함께 놀기로 약속을 했는데, 친구에게 갑자기 볼일이 생기는 바람에 티켓이 한 장 남고 말았다. 그래서 혼자 놀까 하다가 조금 허무한 기분이 들어, 〈아무것도 하지 않는 사람〉을 부른 것이었다.

디즈니랜드에 동행한 날은 당연히 티켓도 물론 의뢰인 부담이었을 뿐 아니라 이런저런 음식을 얻어먹고 의뢰인이 도호쿠에서 사 온 선물까지 양손 가득 받았다. 거기다가 1만 5천 엔이 든 봉투까지 건네주었다. 일단 교통비 포함이라는 명목이었으나 우리 집에서 디즈니랜드까지 왕복 교통비는 받은 돈의 10분의 1에도 미치지 않았다. 〈아무것도 하지 않는 사람〉 대여 서비스를 시작하고 아직 얼마 되지 않아서 받은 의뢰였는데, 그때는 그저 죄송스러운 마음뿐이었다. 하지만 지금 와서 생각해 보면 〈시간을 구속하는 것〉을 어떻게 받아들이는지도, 〈사례〉의 시세도 사람마다 각자 다르다는 게 재미있다.

나는 몇 시간이나 구속되어도 상관없는 데다가 나를 몇 시간이나 구속하는 것을 아무렇지 않게 생각하는 사람이 있다 하더라도 거기에 부정적 감정을 가지지도 않는다. 애초에 무료 서비스로 시작한 거라 당연히 사례를 바라지도 않는다.

또는 딱히 사례나 보수라는 형태가 아니더라도, 의뢰인이 〈아무것도 하지 않는 사람〉을 대여한 직후에 그 사실을 트위터에 올려 주거나 해주면 입소문 같은 의미로 충분한 보답이 된다. 그렇게 해서 열심히 트위터에 써주는 의뢰인은 분명히 이 책도 사주지 않을까 하는 기대도 조금 있다. 만일 사준다면 그것은 사례가 발생하는 지점이 어긋났을 뿐, 몇 개월 뒤에 인세라는 형태로 내 계좌에 입금될 터이므로 아무쪼록 잘 부탁드린다.

덧붙이자면 이 디즈니랜드에서 1만 5천 엔을 준 의뢰인은 재의뢰도 해주었다. 그 내용은 마침 크리스마스가 가까웠던 탓인지 〈누군가에게 선물을 하고 싶다〉는 것. 의뢰인은 선물을 고르는 것도 좋아한다고 했다. 그리고 그 의뢰서는 이렇게 이어졌다. 〈하지만 친구나 지인에게 선물하면 보답을 바라는 것으로 여겨져 부담을 줄지도 모르니 아무것도 님께 드리고 싶어요. 그러니 주소를 가르쳐 주실 수 있을까요?〉라고. 내가 주소를 전달하자 〈고기와 쌀을 보내고 싶다〉는 답장을 주었는데, 우리 집은 부부가 모두 털털해서 쌀 씻는 습관이 없었기에 〈씻어 나온 쌀로 해주실 수 있을까요?〉라고 뻔뻔스럽게 타진을 하자 〈맛있는 쌀로 찾아볼게요. 그런 거 찾는 거 좋아해요〉라고 흔쾌히 승낙해 주었다. 훗날 의뢰인이 사는 지역인 도호쿠 지방의 맛있는 고기와 씻어 나온 쌀이 우리 집으로 왔다.

〈누군가에게 밥을 사고 싶다〉는 의뢰도 있었다. 솔직히 말하자면 나는 〈남에게 한턱내고 싶다〉는 감정을 태어나서 한 번도 가진 적이 없다. 이 의뢰인도 여성이었는데 〈언제나 남자들이 계산해서 불편해 견딜 수가 없다〉며, 자신이 누군가에게 한턱내는 형태로 부담 없이 맛있는 음식을 먹고 싶어 했다.

의뢰에 적힌 대로 당일은 신주쿠에 있는 고급 레스토랑에서 엄청나게 비싸고 맛있는 음식을 배불리 얻어먹었다. 눈앞에서 푸아그라가 구워지는 장면은 처음 보았으며 앞으로 두 번 다시 볼 일이 없을지도 모른다. 내가 이런 고급 요리를 공짜로 먹고 있다는 게 더없이 신기했다. 세상에 이렇게 마음 씀씀이가 좋은 사람이 다 있구나, 하고 감탄했다.

그렇게 일방적으로 얻어먹는 데에 대해 불편함을 느끼는가 하면 물론 느끼지 않는다. 그게 친구 사이라면 아까 적은 것처럼 〈더치페이하자〉고 말을 꺼낼지도 모르지만 의뢰인과 나 사이에는 그런 인간관계가 없다. 그러니까 나로서는 〈얻어먹어 주었다〉는 감각이며, 최근에는 기프트 카드나 현금을 받을 때도 〈받아 주었다〉고 느끼게 되었다.

이것을 가리켜 나를 대신해 이 책을 써주고 있는 작가가 혹시 헌금함 감각이냐고 물었다. 나는 헌금함이 되어 본 적이 없어서 실제로는 어떤지 모르겠다. 하지만 헌금함과는 조금 다르다.

왜냐하면 헌금함에 헌금하는 사람 대부분은 장래

의 이익을 기대하기 때문이다. 덕을 보기 위한 수단으로 헌금하는 건데, 나에게 기프트 카드나 돈을 주는 사람은 헌금하는 행위 그 자체가 목적이라고 생각한다. 남에게 뭔가를 줌으로써 자신이 기분 좋아질 수 있다거나, 자기 긍정을 얻을 수 있다거나 그런 게 아닐까. 굳이 말하자면 반려동물에게 먹이를 주는 감각에 가까울지 모르겠다. 반려동물로서는 먹이를 주면 사양치 않고 받아먹을 뿐이다.

　나는 〈아무것도 하지 않는 사람〉을 통해서, 돈에 대해 실로 다양한 가치관을 접했다. 지금 사회에서 살아감에 돈은 필요 불가결하며, 돈이 없으면 스트레스 없이 살아가기 어렵다. 뭔가 행동을 일으킬 때도 보통은 〈돈〉 생각을 하기 쉽다. 하지만 그래서 새로운 것이 좀처럼 태어나지 않는 게 아닐까. 맨 위에 돈을 두게 되어 버리면 재미없는 것밖에 하지 못하고, 스트레스 없이 살아가려고 원했을 것이 도리어 스트레스를 끌어안는 요인이 되는 본말 전도를 일으킬 수 있다. 그러니까 돈은 일단 생각에서 제외하겠다. 적어도 지금 활동은 새로운 재미로 이어져 있으며, 그 재미가 나아가서는 돈을 낳을 수 있게 되는 게 아닐까 싶다. 의뢰인에게 요금을 받게 되면 그 흐름이 완결되어 버린다고 앞부분에서 적은 것도 여기와 관련된다. 돈이라는 알기 쉬운 가치 척도를 일단 내려놓음으로써 돈이 개입된 기존 서비스에는 없는 다종다양한 가치관에 기초한 다종다양한 관계성이 생겨나는 게 아닐까.

나의 활동에 대해 〈신종 기생충〉, 〈신종 거지〉라는 비난도 있었지만 그런 것도 다양한 관계성 중 하나로서 있어도 좋다고 생각하며, 〈신종〉이라고 붙은 것을 보아 다소 신기하게 생각해 주나 보다, 하고 제법 호의적으로 받아들이고 있다.

✎

인류의 삶 전부를 생계 수단으로 봐야만 직성이 풀리는 사람에게는 〈저는 글 쓰는 일을 하고 있는데 지금은 취재에 집중하고 있는 단계라고 할 수 있죠. 경비 부담 없이 다양한 경험을 할 수 있습니다. 괜찮은 취재 방식이죠?〉라고 설명한다.

〈아무것도 하지 않는 사람〉 대여 서비스를 시작한

애초, 나에게는 아내와 아이가 있고, 아내는 이 활동을 일단은 응원하고 있으며, 또 지금은 저금으로 생활하고 있다는 것을 몇 번인가 트위터에 적어야 했다. 그것은 팔로어들이 내 정체가 무엇인지 묻곤 했기 때문인데, 그 이상의 의도는 없었음에도 널리 주지한 덕분에 결과적으로 의뢰인의 경계심을 어느 정도 느슨하게 해주게 된 듯하다.

만일 아내에게 동의를 얻지 못했더라면 〈일해서 돈 벌 생각은 안 하고 이 자식은 뭘 하는 거야?〉 같은 식으로 경멸을 받았을지 모른다. 아니, 딱히 가족 운운과 관계없이 단순히 나를 경멸하는 사람은 있을지도 모르지만, 적어도 의뢰인으로서는 더 안심이 될 테고, 의뢰할 때도 죄악감이 덜 들지 않을까.

무슨 말이 하고 싶은 건가 하면, 나는 가족의 반대를 무릅쓰고 순전히 이기심만으로 이 서비스를 하는 게 아니며, 지금은 금전적으로 핍박한 상황이 아니므로 의뢰하는 데에 그렇게 신경을 쓰지 않아도 괜찮다는 얘기다. 〈이런 시시한 의뢰로 시간을 구속해도 되는 걸까?〉 같은 생각은 일절 하지 않아도 된다.

그래도 역시 신경을 써주는 의뢰인은 있다. 앞서 적

은 디즈니랜드에 동행한 의뢰인도 그중 한 명이었다. 그가 〈구속 요금〉으로 1만 5천 엔을 준 것은 앞에도 적었는데, 사실은 이때 나에게 일찌감치 의뢰를 마치고 돌아가라고 권기도 했다. 그는 나에게 가족이 있음을 알고서 의뢰를 해준 것이었는데, 그때는 나에게 갓난아이가 있다는 것은 아직 밝히지 않은 상태였다. 그래서 디즈니랜드 동행 중에 내가 문득 아이 얘기를 했더니 〈어머, 자녀가 있어요? 그럼 얼른 돌아가셔야죠〉라고 했다. 그 결과, 원래는 밤까지 동행할 예정이었는데 더 빨리 헤어지게 되었다.

거기서 처음으로 가족이 있으면 있는 대로 그런 식으로 신경 쓰일 수 있겠구나, 하고 생각했다. 그리고 그렇게 신경을 써주면 나에게 고마운 일인가 하면 전혀 그렇지 않다. 나는 일하러 온 거라 의뢰인이 내 가족 걱정을 할 필요가 전혀 없다.

그래도 혹시 몰라 오해가 없도록 적어 두자면 디즈니랜드 동행은 아주 즐거웠고 두 번째 의뢰로 받았던 고기와 씻어 나온 쌀도 맛있게 먹었다. 또 비슷한 의뢰가 있다면 기꺼이 받아들일 것이다. 그리고 〈자식이 있으면 빨리 돌아가는 편이 좋다〉는 배려는 대단한 일이라고 생각한다. 다만 〈아무것도 하지 않는 사람〉 대여 서비스를 이용할 때는 그런 배려가 필요 없다.

회사에 근무하던 시절에는 〈하고 싶은 일은 아니지만 돈 때문에 한다〉고 생각한 적도 있었으나 그렇게 계속 버티기는 어려웠다. 그리고 그 뒤 일시적으로 가상 화폐에 손을 댔다. 금방 질려서 놔버렸지만 그때까지는 〈돈=노동의 대가〉라는 가치관밖에 없었는데 그외 방법으로도 돈이 생기는 곳이 얼마든지 있다는 것을 알았다. 그런 세월이 있어 지금의 〈아무것도 하지 않는 사람〉에 도달했다. 돈이 없으면 할 수 없는 일도 있지만 돈을 포기함으로써 돈 외의 것이 손에 들어오게 되었고, 돈이란 결국 편리하고 쓰기 쉬운 도구에 지나지 않는다는 것도 알았다.

적는 김에 한 가지 더 솔직하게 말하자면, 앞으로는 아내가 이 활동을 응원해 주지 않게 될 가능성도 충분히 있다. 그건 저금을 다 써서 생활을 유지할 수 없게 되었을 때이리라.

✉

안녕하세요. 예전에 빌린 돈을 체납한 곳에 전화를 걸

때 함께 있어 달라고 의뢰했던 사람입니다. 이번 달 드디어 변제를 전부 마쳤습니다! 지급 기한이라는 걸 지킨 게 정말 오랜만이라 정상적인 사람에 가까워진 기분이 들어 무진장 기뻐요. 다만 기분이 고조된 탓인지 뭔가 낭비하고 싶네요. 쓸지 쓰지 않을지는 마음대로 하세요.

✎

빌린 돈을 체납한 의뢰인으로부터 이번 달 마지막 변제까지 전부 마쳤다는 보고였다. 플러스로 아마존 기프트 카드도 보냈다. 아무래도 낭비벽은 타고난 듯하다.

제5장

AI에 대항하지 않는다

유능하려고 하지 않는다

이번 주중에 할 일을 메모하고 싶은데 스마트폰의 미리 알림이나 메모는 다 잊어버리더라고요. DM에 제 메모를 남겨도 될까요? 다른 사람한테 보내 두면 기억에 박힐 것 같아서요.

좋습니다.

가구점 입금. 여행사 입금.

✉️

완료! 감사합니다.

세상을 살아간다는 건 늘 〈무언가를 해야 한다〉는 의무감에 사로잡힌 상태다. 그리고 뭔가를 달성하면 다음에는 더 좋게, 더 빠르게, 더 많이 이룰 것을 기대한다. 하지만 〈아무것도 하지 않는다〉를 내걸고 남들과 관계하기 시작했을 때 〈뭔가를 한다/할 수 있다〉와는 다른 요소를 원하는 사람이 많았다. 〈아무것도 하지 않는 사람〉 의뢰 중에는 트위터 DM으로 의뢰인이 정한 〈문자를 보내 주기만 한다〉는 것도 있다. 내가 트위터로 했던 설명이 있어서 그대로 실어 보겠다.

✏️

반려동물 사진을 보낼 테니 그것을 보고 〈끝내주게 귀엽네요〉라고 답장해 달라는 의뢰가 왔다. 이렇게 DM으로 끝나는 의뢰도 문구가 지정되어 있다면 받고 있다. 도중에 영상을 보내거나 마지막에 자기 얼굴을 보내는 등 의뢰에서 벗어난 일도 있었지만, 이때도 의뢰인이 지정한 문구를 그대로 적어 보냈다.

✎

자신이 겪은 희귀한 사건에 〈와, 그런 일이 다 있군요〉라고 말해 달라는 의뢰. 이번 해에 뽑은 두 개의 운세가 토씨 하나까지 똑같았다고. 정말 희귀하다고 생각해서 받아들였다. 운세가 〈자, 한 번 더 강조한다〉는 것 아닌가. 이거야말로 굉장한 경험이다. 이 사람은 올해 틀림없이 운세가 좋으리라.

예를 들어 〈아침 ○○시에 ××라고 DM을 보내 주세요〉라거나, AI나 스마트폰의 미리 알림을 대신하는 일을 종종(한때는 대량으로) 부탁받곤 한다. 왜, 요즘 같은 세상에 사람한테? 싶은 의뢰가 인기 있는 이유는 뭘까.

인간은 완벽하게 일을 처리하지 못하지만 그렇기 때문에 성공했을 때 기쁘고 그것이 남에게도 영향을 준다. 허술할지언정 거짓이 없어 더 신뢰되는 건지도 모른다고, 나는 이 일을 시작한 뒤로 더욱 실감하고 있다.

내가 현장에 직접 가서 〈동석〉이나 〈동행〉으로 사람 한 명분의 존재를 제공하기는커녕 그저 온라인으로 답장만 보내도 달성되는 의뢰인데, 그것으로 만족하는 사람이 꽤 많다. 이런 것은 단순히 AI로 대용할 수 있다고 생각하는 한편, 역시 AI와 〈아무것도 하지 않는 사람〉의 차이는 있다고 생각한다.

한때 〈우나즈킨〉이라는, 사람이 뭔가 말을 걸면 고개를 끄덕이거나 가로저어 반응하는 장난감이 유행했다. 어디까지나 내 감상이지만, 이것은 귀여운 인형이 귀엽게 고개를 끄덕이는 게 귀여워서 평판이 되었을 뿐, 그것으로 정말로 만족을 얻은 사람은 매우 적지 않았을까.

컴퓨터나 네트워크를 사용한 시스템이라면 〈정해진 문구를 보내 준다〉는 작업을 거의 1백 퍼센트 확률로 어려움 없이 완수할 것이다. 하지만 〈아무것도 하지 않는 사람〉이라는 인간의 경우에는 우선 그 작업을 〈의뢰〉로 수리해야 한다는 장애물이 있다. 의뢰인은 〈이런 시시한 의뢰를 받아 줄까?〉 하고 걱정할지 모르고, 받아 준다고 하더라도 〈DM을 보냈을 때 아무것도 님이 뭐 다른 일을 하느라 못 보면 어떻게 하지〉나 〈지정한 문구를 틀리지 않고 보내 줄까?〉 등 불안에 떨지 모른다. 그런 다양한 불확정 요소, 바꿔 말하자면 인간의 결함을 뛰어넘어 의뢰가 실행되는 것이기에 그 과정과 수고에 정 같은 것이 드는 게 아닐까 싶다.

AI라면 할 수 있는 게 당연한 일을, 할 수 있는 게 당연하지 않은 인간에게 굳이 부탁함으로써 그런 효과를 얻을 수 있는 거라면 낮은 스펙이야말로 인간의 특색일지 모른다.

스펙이란 사양을 의미하는 영어 〈specification〉을 줄인 말로, 일반적으로는 컴퓨터 같은 제품의 성능이나 기능을 나타내는 경우가 많다. 〈카탈로그 스펙〉이나 〈기본 스펙〉식으로. 이것을 인간에게 끼워 맞춘다면 발이 빠르거나 영어에 능통하다거나 의사소통 능력이 높다거나, 혹은 변호사나 회계사 자격을 딸 수 있을 정도로 어떤 전문 분야에 뛰어나거나 그런 뜻이다.

그 점에서 보자면 〈아무것도 하지 않는 사람〉은 스펙이 낮기로 자신이 있다. 〈스펙 제로〉라고 해도 좋다. 나 자신이 아무것도 하지 못하기 때문에 〈아무것도 하지 않기〉를 시작했을 정도다.

활동을 시작하고 3개월 정도밖에 되지 않았을 시

절, 그때까지 받은 어느 의뢰보다도 가장 반향이 컸던 것은 다음이었다.

✉

내일 아침 6시에 저에게 〈체육복〉이라고 DM을 보내 줄 수 있을까요.

말하자면 〈아무것도 하지 않는 사람〉이 미리 알림 앱처럼 이용된 건데, 나는 알겠다고 대답한 뒤, 이튿날 아침 6시 정각에 달랑 〈체육복〉이라고 써서 보냈다. 그 주고받은 DM을 캡처 화면으로 〈근래 들어 가장 단순한 의뢰〉라고 덧붙여 트위터에 올렸더니 2만 번 이상 리트윗이 되고 8만 3천 개 이상 〈좋아요〉를 받을 정도로 어마어마한 반향이 있었다. 〈아무것도 하지 않는 사람〉의 폴로어 숫자가 많이 늘어난 것도 이 타이밍이었다.

당시에는 그저 예상하지 못한 일에 놀랐을 뿐이었지만, 지금 와서 생각해 보면 이것도 인간이 6시 정각에 DM을 보내는 게 재미있었던 거겠지 싶다. 아침 6시에 DM을 보내기 위해서는 그 5분이나 10분 전에

는 일어나서 스마트폰으로 〈체육복〉을 화면에 입력
해 놓고 시계를 보다가 6시가 되면 곧바로 송신 버튼
을 누를 수 있도록 준비해야 한다. 그것을 뛰어넘어
이뤄졌기에 혹은 그 과정이 마음속에 그려져 수많은
사람이 재미있어한 게 아닐까.

그때 이런 댓글들을 받았다.

💬

아침 일찍부터, 만만치 않은 의뢰! 라인에 있는 리마
인군•이 편하다고 알려 주세요.

💬

와, 이게 무료라면…… 모닝콜보다 대단한데!

💬

6시 정각에 송신한 〈아무것도 하지 않는 사람〉 님의
자세에 감동.

• 일본은 라인이 국민 모바일 메신저라고 불릴 정도로 대중적이다.
리마인 군은 라인용 〈예정 관리〉 알림 봇이다.

알람을 쓰면 될 텐데……친절하시네요!

봉사 활동으로 아침 일찍 일어나서 이런 일을 하는 건가요? 와우!

나는 실제로 그것을 경험해서 알지만, 정해진 시간 정각에 DM을 보낸다는 작업은 그렇게 쉬운 게 아니었다. 또 〈봉사 활동〉이라고 하는 사람이 있는데, 제4장에서 설명한 대로 〈아무것도 하지 않는 사람〉 대여 서비스는 봉사 활동이 아니라고 거듭 강조한다.

그리고 이 의뢰에는 후속 편이 있다. 아래는 그것을 보고한 나의 트윗이다.

〈체육복〉은 잊어버리지 않고 챙겼는데, 그만 버스 안에 놓고 내린 모양이다. 그 때문인지 모르겠지만 오후 3시에 〈사무실〉이라고 문자를 보내 달라는 추가 의뢰가 발생했다.

이 〈체육복〉 의뢰가 리트윗을 탄 뒤 미리 알림을 부탁하는 의뢰가 대량으로 들어왔다. 과장이 아니라 매일 서른 건 정도씩 들어와 곤혹을 겪은 바람에 그 뒤로는 거절하고 있는데, 마음이 내키면 가끔 받고 있다. 예를 들어 이런 중요해 보이는 건이다.

✉️

실례합니다. 오늘 섹스를 할지도 몰라서 그러니 12시에 손톱 깎으라고 알려 주세요.

DM을 보내는 일을 〈아무것도 하지 않는〉 범주에 넣을 수 있을까. 꽤 불분명한 부분이다. 〈체육복〉 때는 〈간단한 응답〉의 연장으로 간주할 수 있어서 받아들였으나, 애초에 〈아무것도 안 한다/뭔가 한다〉의 선 긋기가 매우 불분명한 것은 앞서 다룬 바와 같아서 그 점은 양해를 바란다.

조금 얘기가 빗나가지만 〈인간이라서 할 수 있는 일〉이라는 점에서, 또 현재 가장 많이 리트윗을 탄 트윗으로 다음을 소개하고 싶다.

✉

의뢰 내용 : 산책 중에 반려견과 우연히 만나 어리광을
받아 주기.

의뢰 이유 : 제 반려견은 사람을 너무너무 좋아하는(붙
임성이 좋다는 범주를 뛰어넘었어요) 개입니다. 산책
중에 개를 데리고 있지 않은 사람에게도 애정을 나타
내며 꼬리를 흔들어 대요. 하지만 개를 데리고 있지 않
은 사람에게는 대체로 무시당해서 풀이 죽곤 합니다.
개를 데리고 있는 보호자는 귀여워해 주지만 서로 산
책 중이라 시간에 한계도 있어 헤어지려고 하면 애처
로운 목소리로 울면서 끈질기게 들러붙기도 해요. 상
대방이 너무 끈질기다고 생각하지 않도록 제가 잘 조
절하는데도 반려견은 늘 부족한 모양입니다. (생략)
사람을 가리지 않고 마구 애정을 과시하지만 대부분
이 불발로 끝나 조금 풀이 죽은 개(긍정적인 성격이라
금방 잊어버리는 듯)를 볼 때마다 마음이 조금 아파요.
때로는 완전한 남에게 귀여움을 잔뜩 받고 만족해 주
었으면 좋겠어요. 그래서 〈아무것도 하지 않는 사람〉
님이 우연히 지나가던 남을 가장해(?) 산책 중인 저의
반려견을 만나서 마구 귀여워해 주시면 좋겠습니다.

✏️

**〈산책 중인 반려견과 만나 달라〉는 애정 넘치는 의뢰.
나와 헤어진 뒤 꼬리가 축 쳐져서 쓸쓸해 보이더라는
얘기도 전해 줬다. 아, 엄청 귀여웠다⋯⋯.**

이 트윗은 현재 약 17만 개의 〈좋아요〉가 붙었다.
저도 모르게 감정 이입하게 되는 귀여운 개의 사진 때
문인지도 모르고, 의뢰서 그 자체가 좋았는지도 모른
다. 혹은 이날이 〈고양이의 날〉*이어서 개를 좋아하는
사람들의 스트레스가 크게 작용했던 건지도 모른다.
어느 쪽이건, 나로서는 〈개〉보다 개를 사랑하는 〈인
간〉에게 스포트라이트가 비친 의뢰였다. 조금 전 〈미
리 알림〉 의뢰와는 반대로, 이것을 AI가 해내면 어떤
반향이 있을까, 하는 흥미가 인다. 내가 개를 한참 쓰
다듬은 뒤, 의뢰인은 물수건을 건네주었다. 사람들이
반려견을 쓰다듬어 주었을 때를 위해 늘 몇 장씩 가지
고 다닌다고 했다. 모든 면에서 완벽하게 마음 따뜻해
지는, 실로 인간적인 의뢰였다.

• 일본 고양이의 날은 2월 22일이다. 숫자 2의 일본어는 〈니〉인데 고
양이의 울음소리 〈냥〉과 비슷해 이날로 정해졌다. 한국 고양이의 날은
〈고양이 목숨은 아홉 개〉에서 창안해 9월 9일이다.

AI가 화제가 되기 시작했을 무렵, 이대로 AI가 계속 진화하면 인간의 일자리를 AI에게 빼앗기고 말 것이라고 경종을 울린 이들이 있었다. 인간보다 스펙이 높은 AI가 작업 효율이 더 좋아서 필연적으로 인간 노동자가 불필요해질 거라는 얘기다. 그런 한편으로 간호 로봇에게 간호받는 사람이 불쌍하다는 목소리도 들린다. 그런 경우는 스펙에 상관 없이 인간에 대한 수요가 있다는 뜻으로 볼 수 있다.

　〈아무것도 하지 않는 사람〉을 미리 알림 대신 쓰고 싶은 사람이 많다는 것은 감각적으로는 후자에 가까운 게 아닌가, 하는 의견을 들은 적이 있는데, 나는 그런 거창한 건 아니라고 느낀다. 그럴듯하게 말하자면 어떤 종류의 퍼포먼스나 아트에 가깝지 않나 생각한다. 효율성에 거역하는 어이없는 짓을 재미있어하는 느낌에 가깝다.

　AI가 보급되거나 자동화가 진행되어 가는 사회에 대해, 반발보다는 〈좀 재미없지 않나?〉 같이 굳이 말로 옮길 것까지도 없는 시시한 기분이 공유되던 차에 〈체육복〉 트윗이 휙 던져져 〈그래, 이런 걸 기다렸어!〉 같은 분위기로 화제가 되었던 게 아닐까 싶다. 그리고 구태여 실수할 가능성이 있는 인간에게 부탁한다는 우스꽝스러움, 또는 〈인간은 실수할 가능성이 있다〉는 불확정 요소가 미리 알림 수요에 이어진 기분이다.

그 근거라고 할 수 있을지 모르겠지만 이런 종류의 의뢰가 이뤄졌을 때 의뢰인은 굉장히 기뻐한다. 뭐가 그렇게 기쁜지 신기할 따름이지만, 대체로 약 50퍼센트 확률로 스타벅스 음료 쿠폰이나 아마존 기프트 카드를 보낸다. 그 정도로 기뻐한다.

✎

졸업 논문 2만 자를 다 쓰면 알릴 테니 〈ㅅㄱ〉 하고 치하해 주기 바란다는 의뢰가 왔다. 정신적으로 궁지에 몰려 마감인 6일 전에는 한 글자도 쓰지 않은 상태라고 했는데 아까 무사히 마쳤다고 한다. 말한 대로 달랑 〈ㅅㄱ〉 하고 보냈더니 아마존 기프트 카드 2천 엔을 보내왔다. 글자 단위 1천 엔이라는 역대급 비싼 일이다.

물론 내 DM에 마음이 담기지 않은 것은 의뢰인도 잘 알고 있으리라. 나는 의뢰인이 희망하는 문자를 기

계적으로 입력한 뒤 무심하게 송신 버튼을 누를 뿐이
니까. 스스로 말하는 것도 뭐하지만, 거기에는 〈아무
것도 하지 않는 사람〉이라는 고유 명사, 더 말하자면
지명도가 개재되었다고 생각한다.

그럭저럭 지명도와 영향력 있는 사람이 일부러 자
신을 위해 DM을 보내 주어서 기쁘다, 같은. 실제로
〈아무것도 님한테서 정말로 답장이 왔어!〉 하고 좋아
하는 경우도 본 적이 있고. 그게 아니라면 인간이 수
동으로 그런 작업을 한다는 것 자체에서 가치를 발견
한다고 하더라도 아마존 기프트 카드를 보낼 정도로
기쁨을 느끼지는 않을 테다.

단순한 미리 알림 의뢰는 아니지만 DM으로 끝나
는 의뢰 중 인상적이었던 것이 있다.

✎

**〈결혼식 초대를 받았는데 그렇게 사이가 좋았던 게
아니라서 가고 싶지 않다. 솔직하게 말해서 괜히 상대
방의 감정을 상하게 하는 건 피하고 싶지만 거짓말을
하기도 싫다. 그러니 누군가와 약속이 있는 것처럼 하
면 좋겠다. 그리고 당일 아침 일찍 약속을 깨주기를**

바란다〉는 의뢰. 〈아무것도 하지 않는다〉의 척도로 보아 현재 1위에 빛나고 있다.

이 트윗에 적은 대로 의뢰인은 지인의 결혼식에 가기를 꺼리고 있었다. 하지만 이유도 없이 거절하면 응어리가 생길 테니 당일 약속이 있는 척을 해달라는 것. 제법 깊이가 있으면서 기술적인 의뢰다.

이 경우 〈아무것도 하지 않는 사람〉을 이용하거나 하지 않거나, 결혼식에 초대해 준 상대방에게 그날은 약속이 있어서 아쉽지만 갈 수 없다고 전달한다는 결과도, 상대방에게 주는 인상도 변하지 않는다. 하지만 의뢰인은 그 〈약속〉이 정말로 있었던 것으로 여겨 양심의 가책을 줄이고 싶고, 나는 아무것도 하지 않으면서 거기에 한몫 거들게 된다.

어쩌면 의뢰인은 〈나는 결혼식 초대를 거절하기 위해 이만큼이나 노력했다〉는 변명이 필요했을지도 모른다. 방향성은 완전히 다르지만 선물을 정성스레 포장하는 것과 비슷하다. 선물을 받는 쪽은 그게 정성스레 포장되어 있든 없든, 가장 신경 쓰이는 것은 그 내용물이다. 하지만 선물하는 쪽은 〈나는 선물하기 위해 이만큼이나 애썼다〉는 만족감을 얻을 수 있는 게 아닐까.

뭐, 내가 느끼기에는 거짓말하는 상황을 회피하기 위해 일부러 누군가와 약속을 꾸며 낸다는(결국 이것도 취소한다는 전제라서 거짓말치고는 아주 약할지 모르지만 거짓말은 거짓말이다) 것보다는 그냥 거짓말하는 게 더 편할 것 같지만, 의뢰인에게는 자기 자신을 이해하려는 과정이 필요했나 보다.

또는 단순히 결혼식에 불참하기 위해 거짓말을 한 사실을 기억해 두고 싶었는지도 모른다. 거짓말이라는 것은 거짓말했다는 사실을 잘 기억해 두지 않으면 나중에 난처한 일이 생기곤 한다. 거짓말은 들통난 시점에서 거짓말이 되므로, 거짓말을 진짜로 남겨 두기 위해서는 거짓말한 뒤에도 앞뒤를 맞춰 그 거짓말을 지속시켜야만 하는 경우도 생긴다. 그렇다면 이 의뢰인이 〈그때는 남과 약속이 있어서 가지 못했다〉는 거짓말을 자기 안에서 확고하게 만들고 싶다는 마음에서 〈아무것도 하지 않는 사람〉과 실제로 약속했다고 생각하면 나로서는 이해가 간다.

나도 좀 내키지 않는 의뢰를 받았을 때, 또 몇 번인

가 다시 이용해 주는 의뢰인의 의뢰를 단박에 거절하기 어려울 때는 설령 그게 거짓말이라도 마음이 내키지 않는다는 이유로 거절하기보다는 〈다른 의뢰가 들어와서〉라는 이유로 거절하는 편이 마음이 가볍다. 그리고 그렇게 하면 같은 의뢰인의 다음 의뢰도 거리낌 없이 받을 수 있을 것 같다.

이렇게 여러모로 고찰 같은 것을 해보았는데, 이 〈약속을 깨주기 바란다〉는 의뢰는 당일 취소 연락을 하는 것을 깜빡 잊어버리는 바람에 정말 〈아무것도 하지 않은〉 채 끝나 버렸다.

취소라고 하면, 다음과 같은 형태로 아무것도 하지 않음으로 의도치 않게 의뢰인에게 도움이 된 예도 있다.

✎

이노카시라 공원에서 보트를 함께 타자는 의뢰가 들어왔다가 갑자기 면접이 생겼다고 취소된 적이 있었는데, 다른 사람과 한 약속을 취소하고 임한 면접이어서인지 바짝 힘이 들어 면접을 잘 보았다고. 〈아무것도 하지 않는 사람〉의 효과라고 하기는 어렵지만, 취

소는 자유이니 이런 이용 방법도 있다.

이 트윗에 첨부한 의뢰인의 감사 DM이 이것이다.

✉

무사히 면접 마쳤어요. 오늘은 정말 감사했습니다. 덕분에 〈약속까지 취소하고 온 건데!〉 하는 마음가짐 이 되어 평소보다 약간 더 잘 본 것 같아요. 이런 방법 이 있었다니……

미리 알림과는 조금 다르지만 AI 통역 같은 의뢰를 받은 적도 있다.

✉

지극히 〈간단한 응답〉이라면 받아 주신다고 되어 있 는데, 휴대전화 자동 음성 안내의 숫자를 듣고 그 자 리에서 바로 가르쳐 주실 수 있을까요? 짧은 숫자라 다 해서 3분도 걸리지 않고 끝날 거예요. 저는 귀에 장 애가 있어 자동 음성 안내의 숫자 부분에서 막힙니다. 지금 제 주변에 귀가 들리는 사람이 없어 매우 난처한 상황이라 이렇게 여쭤 봅니다. 의뢰 내용을 검토해 주시기 바라요.

이 의뢰를 해결한 뒤, 나는 이 DM을 캡처 화면으로 덧붙여 트위터에 올렸다.

✎

〈휴대전화의 자동 음성 안내를 듣고 불러 주는 숫자를 가르쳐 달라〉는 의뢰. 은행 계좌 전화 같은 데에 잘 나오는 그건데 의뢰인은 귀가 불편해서 들리지 않는다고 했다. 만나서 바로 휴대전화를 받아 귀에 대고 들리는 숫자를 알려 준 뒤 완료, 소요 시간은 약 5분, 가장 짧은 대여 기록을 경신했다.

솔직히 이 의뢰는 봉사 활동에 매우 가깝다고 할까, 〈아무것도 하지 않는 사람〉의 일치고는 너무 따뜻한 얘기라고 생각해서 수줍은 마음에 〈가장 짧은 대여 기록을 경신했다〉고 익살을 부렸다. 그랬더니 그 의뢰인에게서 DM이 와서 〈기록 경신이라니 조금 낯간지럽지만 마찬가지로 곤란한 일을 겪는 사람이 있을 거라

이렇게 올려 주셔서 감사합니다〉라고 인사를 받았다.

여러 차례 강조하는 것처럼 나는 봉사 정신이라는 것을 가지고 있지 않다. 하지만 이 〈아무것도 하지 않는 사람〉 대여 서비스를 통해서 세상에는 나의 상상을 초월하는 다양한 어려움이 있다는 것을 알았다. 그리고 스펙 제로인 〈아무것도 하지 않는 사람〉이 그런 어려움을 조금이나마 해결하는 데에 도움이 된다는 것도.

다만 이 대신 듣는 의뢰에 관해서는 의뢰서에 단순히 〈자동 음성 안내를 듣고 가르쳐 주기 바란다〉고 적혀 있었다면, 어쩌면 수상한 인상을 받아 거절했을지 모른다. 하지만 이 의뢰인은 앞에 적은 대로 〈자동 음성 안내의 숫자를 듣고 그 자리에서 가르쳐 주실 수 있을까요?〉라고 문의 형태를 취해 주었다. 게다가 어쩐지 〈아무것도 하지 않는 사람〉을 이해하는 듯한 느낌도 받았다. 그런 느낌이 들면 〈아무것도 하지 않는다〉에 반하는 것이라도 긍정적으로 검토하게 되고 만다.

그런데 이 〈가장 짧은 대여 기록〉은 그 뒤 열흘도 되지 않아 경신되었다. 그 의뢰 내용과 나의 트윗은 다음과 같다.

✉

저는 지금 대학생인데 아침에 일어나지를 못해서 낙제할 것 같아요. 이제는 정말 더 결석하면 안 되거든요. 다른 사람과 만날 약속을 하면 일어날 수 있지 않을까? 하고 생각해서 연락을 드립니다.

✎

〈만날 약속을 해주기 바란다〉는 의뢰로 만날 약속을 했다. 의뢰인도 정각에 약속 장소에 나타났고 수업에 무사히 나갈 수 있었다고 한다. 만난 순간 바로 헤어진 덕분에 다시 가장 짧은 대여 기록이 경신되었다.

〈아무것도 하지 않는 사람〉의 기본적 기능은 〈한 사람분의 존재를 일시적으로 제공하는 것〉이다. 그 기능만이 발휘되는 전형적 의뢰는 〈집 청소하는 것을 지켜봐 주기〉거나 〈일을 땡땡이치지 않는지 보고 있어 주기〉 같은 종류다. 〈지켜봐 주기〉를 바란다고 해도 실제로는 보고 있지 않은 경우가 많다. 그저 거기에 있을 뿐이다. 그런 의뢰를 하기에는 극단적으로 말해 나에게 인간의 생김새와 인간의 질량이 있으면 충분하다. 역시 높은 스펙은 전혀 필요 없다.

✎

〈휴일에 혼자 공부하지만 집중이 되지 않으니 집에 와서 그냥 있어 주기 바란다〉는 의뢰가 있어 편도 두 시간이나 들여서 그냥 있으러 갔다. 문학 잡지나 비싸 보이는 양장 책 등 책이 아주 많아서 그냥 있기 좋은 방이었다. 『모모』를 제자리가 아닌 곳에 돌려놓은 것은 프로 의식이 부족했다.

이 트윗처럼 의뢰를 위해 혼자 사는 사람 집에 가는 경우가 제법 있다. 그때 딱히 〈방 청소를 하고 싶다〉는 의뢰가 아니라도 나를 집에 들이기에 있어 어느 정도는 방을 깨끗하게 해두고 싶다는 심리가 작용하는지, 내가 〈있으러〉 가는 것만으로도 멋대로 방이 깨끗해진다는 부차적 효과도 발생한다. 역시 생판 남이라도 어질러진 방을 보이는 건 부끄러운 모양이다.

〈재택 업무가 있는데 혼자서는 진전이 없을 것 같으니 같이 있어 주기 바란다〉는 의뢰. 감시가 아니더라도 가까이에 사람이 있는 것만으로도 완전히 다른 모양이다. 이런 의뢰는 처음부터 꽤 있는데 정통적 의뢰가 된 듯하다. 〈사람이 오는 덕에 집이 정리되었다〉는 부차적 효과도 평소와 마찬가지로 관측되었다.

이처럼 인간으로서의 스펙을 기대하지 않는, 혹은 스펙 제로라도 공헌할 수 있는 의뢰는 〈아무것도 하지 않는 사람〉 처지에서 더없이 뿌듯하다. 하지만 너무 자연스럽게 〈그냥 거기에 있기〉를 완수해 버린 덕분에 조금 복잡한 기분에 빠지는 경우도 있곤 하다.

〈집에서 혼자 공부하면 집중이 안 되니 동석을 바란다〉는 의뢰가 같은 사람에게서 두 번 있었는데, 두 번째는 역에 마중도 없이 내 기억에 의지해 집까지 찾아가서 스르륵 방문을 열고 들어갔다. 그리고 딱히 아무것도 하지 않고 있다가 시간이 다 되어 스르륵 떠나왔

다. 이제까지 이상으로 〈나는 대체 뭘까〉 싶은 생각이 밀려왔다.

혼자 사는 사람 집에 일정 시간 머무르는 패턴의 의뢰 중에는 〈직접 만든 요리를 먹어 달라〉는 것도 있다. 어느 의뢰인 여성은 장래 음식점을 여는 데에 흥미가 있어 자신이 만든 요리를 모르는 사람이 먹어 주는 경험을 원했다. 직접 만든 요리를 먹은 감상이 〈맛있어요〉 말밖에 없었지만 〈다행이에요〉라는 반응이 돌아왔다.

덧붙여 의뢰인은 결혼한 분이라 남편이 없는 집에 내가 머문다는 것이 다소 불편한 상황이었다. 이 의뢰를 받은 것이 2018년 6월 초, 그러니까 〈아무것도 하지 않는 사람〉 대여 서비스를 막 시작한 직후로 〈아무것도 하지 않는다〉의 의미를 모색하던 시기이기도 했다. 그래서 문득 이 상황을 위에서 내려다보듯 생각했다고 하면 좋을까. 〈아무것도 하지 않는 사람〉이라는 명칭이 여성과 단둘이 있는 상황에서는 또 다른 〈아무것도 하지 않는다〉의 의미도 가진다는 사실을 깨달았다.

그때는 의뢰인의 집에 있는 동안 때마침 의뢰인의 어머니로부터 전화가 걸려 왔는데, 의뢰인이 조금 특이한 성격이라 〈지금 《아무것도 하지 않는 사람》이 와 있어요. 바꿔 줄게요〉 하면서 스마트폰을 건넸다. 어쩔 수 없이 〈아무것도 하지 않는 사람〉입니다, 하고 자기소개를 했다가 〈불륜 아닌가요?〉, 〈아뇨! 결코 아무것도 하지 않았습니다〉라고 뚱딴지같은 대화가 이어졌다.

순수하게 〈사람 한 명분의 존재를 제공하는〉 의뢰는 회의 자리에서도 적용된다. 당시 내 실황 트윗이 다음과 같다.

✎

모르는 회사 사람들과 모르는 서비스 개발 회의에 참석 중이다.

✎

다들 컴퓨터를 보면서 햄버거를 먹고 있다.

회의가 고조된 차에 케이크가 나왔다.

보는 바와 같이 아무것도 하지 않았는데 이렇게나 내가 참가하기를 바라는 회의에는 나간 적이 없었다. 의뢰해 준 것은 그 회사의 사장님으로 회의에 모르는 사람을 한 명 두면 늘 똑같다는 일상적 느낌을 지울 수 있겠다고 생각한 듯하다.

뭐, 회의가 시작되고 얼마 되지 않아 내가 〈아무것도 하지 않는 사람〉이라는 게 들통나고 말았지만 회의에 참여한 구성원들은 전혀 관계없는 나라도 의미를 이해할 수 있도록 전문 용어나 사내 공통 언어를 피해 말을 골라 주었던 것 같다. 어쩌면 그 회사의 서비스 제공 대상을 구체적으로 떠올리기 쉬운 상황이었는지 모른다. 예컨대 서비스를 제공하는 측에서 보면 당연하게 생각되는 것이 사실 서비스를 받는 측에서 보면 잘 이해되지 않는 경우가 있는데, 어쩌면 그런 것이 눈에 잘 보이면서 회의에 참여한 사람들의 시야도 넓어진 게 아니었을까.

나는 그냥 햄버거나 케이크를 우걱우걱 먹고 있었

는데, 한 번씩 사장님이 〈이거 어떻게 생각하십니까?〉 혹은 〈이 그림이 무엇을 가리키는지 알겠습니까?〉라고 물어서 모르겠다고 대답하곤 했다. 그것은 내가 그 회사나 회사가 제공하는 서비스에 대해 아무것도 몰랐기 때문인데, 아무것도 모르는 만큼 실용적인 모니터 역할을 했던 것일 수도 있다.

내가 〈아무것도 하지 않는 사람〉 대여 서비스를 시작했을 당시 가장 많이 이용될 것 같다고 생각했던 것은 이 회의처럼 여러 명이 있는 장소에서 한 사람분의 존재를 제공하는 경우였다. 구체적으로 상상한 것은 회의가 아니라 파티나 술자리 그리고 바비큐 같이 즐기는 자리에 〈아무것도 하지 않는 사람〉이 놓여 있는 상황이었지만 말이다.

하지만 실제로 시작해 보니 〈동석〉이든 〈동행〉이든 의뢰인과 내가 1 대 1이 되는 경우가 훨씬 많다. 아니, 대부분이 1 대 1이다. 이건 좀 상상하지 못했다. 내가 의뢰인이라면 〈아무것도 하지 않는 사람〉과 1 대 1로 있어야 할 만한 의뢰는 하지 않을 것이다. 그렇게 보면 의뢰인들이 꽤 도량이 넓다.

이처럼 나와 의뢰인의 관계는 대체로 1대 1 관계로 성립된다고 할 수 있는데, 트위터라는 매체를 기반으로 하는 이상 팔로어이든 팔로어가 아니든 거기에는 〈관객〉이라고 부를 수 있는 수많은 사람이 있다. 어떤 의미에서 〈아무것도 하지 않는 사람〉이라는 존재는 나와 의뢰인 그리고 불특정 다수의 관객인 제삼자로 성립되어 있다고 할 수 있다. 그리고 관객은 언제나 의뢰인으로서 무대에 오를 수 있으며, 의뢰인 역시 객석에서 무대를 볼 수 있다.

이것은 자화자찬에 가깝지만, 이런 식으로 누구나 당사자 의식을 가질 수 있기에 〈아무것도 하지 않는 사람〉의 활동을 모두가 즐거워하고, 내 트윗에 대한 반응도 묘하게 생생한 게 아닐까. 다들 남의 일로만 생각하지 않고, 트윗을 할 때마다 관객 측 사람들이 오, 이 대여 서비스를 저렇게도 쓸 수 있구나, 하고 감탄하는 분위기가 느껴진다.

당사자 의식이라는 것과 관련지어 말하자면, 전에 격려해 달라는 어느 수험생의 의뢰를 거절했을 때, 나는 이런 트윗을 했다.

✎

예전에 Z회라는 수험 업계 회사에 근무하며 매일 수험생 대상 수학 교재를 만들었는데, 회사를 그만둔 뒤로는 그 반동에서인지 수험이라는 글자만 봐도 내가 알 바 아니다 싶은 생각만 든다. 회사에서 싫었던 기억과 수험이 자동으로 겹쳐진 결과다. 이 수험생에게는 면목이 없다.

이 책에서는 내가 예전에 근무했던 교육 계통 회사의 이름을 밝히지 않았지만, 내 트위터를 통해 성대하게 공개한 바 있다. 한편, 이 트윗을 올리자 〈아무것도 하지 않는 사람〉의 폴로어들이 대신 그 수험생을 격려해 주었다.

자신도 무대에 오르고 싶다는 사람이 있는데, 내가 그것을 안 된다고 거절하자 관객석에서 되레 따뜻한 박수를 보낸 듯한 광경이다. (지금 생각해도 정말 미안한 마음뿐이다.) 제1장에서 예시로 든 〈이벤트 참가에 동행해 달라〉는 의뢰를 세 건이나 거절했더니 거절당한 사람들끼리 같이 갔다는 것 역시 관객석에서 만난 사람들이 서로 친해진 것 같은 느낌이라고 생각한다.

한편으로 무대에 오른 의뢰인이 실망하는 경우는 없는가 하면, 다행이라고 할지 적어도 아직은 그런 소리가 별로 들리지 않는다. 그건 기대치를 낮추는 데에 성공한 거라고도 할 수 있지만, 역시 최근에는 팔로어도, 긍정적인 확산도 늘어난 결과 또 기대치가 올라간 감이 있다. 그렇게 생각하면 사실은 실망한 사람도 많을지 모른다.

얼마 전에 〈산책하는 데 동행해 주기 바란다〉는 의뢰로 약 다섯 시간 동안 의뢰인과 둘이 도쿄의 어느 장소를 걸었을 때, 의뢰인은 비교적 말수가 적은 사람이라 대화를 별로 하지 않았다. 게다가 나는 기본적으로 맞장구밖에 치지 않는 데다가 당일은 컨디션이 좋지 않아 맞장구도 평소의 70퍼센트 정도였다. 그 의뢰인은 〈다섯 시간이나 같이 있었는데 얘기한 게 별로 없어서 슬프네요〉라고 농담처럼 말했는데, 지금 생각해 보면 그것을 〈실망〉이라고 해도 지장이 없을 것이다.

〈아무것도 하지 않는 사람〉에게 의뢰한 사람들은 모두 즐거웠다고 말해 주기도 하고, 무대 위는 그럭저

력 성황인 것처럼 보인다. 〈자리〉에 대한 그런 기대치
는 내가 생각하는 이상으로 올라간 건지도 모른다. 그
렇다고 시시한 트윗만 해서 리트윗도 좋아요도 댓글
도 받지 못하게 되면 본말 전도이므로 꽤 어려운 부분
이다.

이래저래 생각해 봤자 〈아무것도 하지 않는 사람〉의
스펙이 제로라는 것은 앞으로도 변함이 없을 테고, 적
극적으로 대화를 이끌려고 하지도 않을 거라고 할까,
애초에 그럴 능력이 없다. 반대로 〈뭔가 하는 것〉, 나아
가서 〈뭔가 지나치게 하는 것〉의 폐해가 분명 더 클 것
이다. 이런 생각이 최근에는 강해지고 있다.

    🖉

**요전에 호스트 클럽의 의뢰로 호스트를 했을 때, 주의
사항으로 손님의 〈직업〉과 〈생김새〉는 최대한 언급
하지 말라고 했다. 툭 하면 〈오늘 쉬는 날이세요?〉,
〈너무 마르셨는데 평소 잘 드세요?〉 하고 묻는 미용
사에게도 알려 주면 좋겠다고 생각했다.**

이런 미용사는 〈숨겨진 수요를 끌어낸다〉 혹은 〈손

님의 라이프 스타일에 맞춘 토털 솔루션〉처럼 쓸데없는 짓을 하려는 것 같이 느껴진다. 또는 〈업무용 메일은 1.5 왕복 안에 끝낸다〉도 마찬가지다. 다시 말해 처음에 내가 보내서 상대방에게 답장이 오면 거기에 〈감사합니다〉라도 뭐라도 좋으니 반드시 마지막은 자기 답장으로 끝내는 것이 예의라는 그것 말이다. 한 번 왕복에 용건이 끝난다면 그게 가장 좋지 않을까.

어쨌든, 내가 서비스를 받으면서 느끼는 것은 서비스를 차별화할 때에 〈지나치게 하는〉 방면으로 차별화하기 쉽다는 것이다. 위의 트윗에 관련짓자면, 나는 어느 미용실에서 마치 병원에서나 볼 법한 차트 같은 데에 내 머리에 관한 고민을 좌르륵 적어야 했던 적이 있었다. 머리를 자르는 것 말고는 용건이 없는데, 그것도 촌스럽지 않을 정도로만 잘라 주면 되는데, 미용사에게 〈지난번과 비슷하게〉라고 하면 질리지 않느냐는 말이 돌아오곤 한다. 나로서는 쓸데없는 참견일 뿐이다.

미용사는 남의 머리를 손질하는 게 일이라서 인생에서도 머리에 큰 비중을 두게 되나 보다. 하지만 나는 일상생활에서 머리는 크게 중시하지 않으며, 머리를 자르는 것은 한두 달에 한 번 해야만 하는 귀찮은 일에 지나지 않는다. 그 부분을 이해해 준다면 서로 매우 편해질 것 같은데…….

사실 나는 요즘은 미용실에 가지 않고 대체로 QB 하우스*에서 머리를 자른다. 싸다고 해도 딱히 이상하게 자르는 건 아니고(그들도 프로다), 모자도 쓸 거라 그거면 충분하다.

〈아무것도 하지 않는 사람〉은 스펙 제로를 자인하고 있다. 그것은 나 자신이 회사원 시절에 상사로부터 〈회사에 있으나 없으나 다를 게 없다〉, 〈살았는지 죽었는지 모르겠다〉고 곧잘 핀잔을 들었고, 그 상사는 내가 있는 부서를 〈상시 결원 상태〉라고 불렀던 것과도 관계가 없지 않다.

당시 나에게 기대된 스펙이란, 주어진 일을 효율적으로 해치우는 능력일 것이다. 제1장에서도 언급했지만 나는 대학원을 졸업한 뒤 통신 교육 서비스나 교재 출판을 하는 회사(다들 아는 〈Z회〉)에 취직해서 주로

---

* 일본의 저가형 이발소 체인점으로 10분 정도 이발에 가격은 1천 엔 정도이다.

교재 편집을 담당했다. 딱 그 시기에 사내 분위기가 묘하게 고조되어 있었다.

교재 제작은 평소에는 매년 정해진 루틴에 따라 전년도 자료를 그대로 갖다 쓰는 경우가 많았는데, 그때는 학습 지도 요령인지 뭔지가 대폭으로 바뀌는 타이밍이라 교재도 재단장해야 했다. 따라서 사원에게는 단순한 편집 능력이 아니라 교재를 재단장함에 학습 효과를 더 높일 수 있을 만한 지면 꾸미기 등의 아이디어를 내는 능력이 요구되었다. 그래서 이른바 편집 회의 같은 자리가 정기적으로 생기고, 개인플레이보다 팀플레이가 우선시되었다. 즉, 사원들이 서로 아이디어를 내서 상사에게 프레젠테이션한다는, 기획력과 의사소통 능력을 요구받게 된 것이다.

사람에 따라서는 그런 창조적인 일에서 더 능력을 발휘하는 사람도 있을지 모르겠지만, 나는 혼자서 묵묵히 작업하는 타입이라서 언뜻 보기에는 더더욱 아무것도 하지 않는 것처럼 보였을 것이다. 때문에 〈그런 단순한 작업은 외주를 줘〉, 〈사원만이 낼 수 있는 아이디어를 내거나 창조적인 일을 해〉 같은 말을 들었는데, 유감스럽게도 회사에 도움이 될 만한 아이디어는 무엇 하나 나오지 않았다.

그런 내가 창조성을 내버리고 〈아무것도 하지 않는 사람〉의 인생을 걷기 시작한 순간, 완전히 수동적 자세이기는 하지만 다양한 의뢰인을 통해 다양한 아이디어와 창조성이 넘치는 나날을 보내는 것도 꽤 재미있다.

그렇다면 나의 장래는 대체 어떻게 하면 될까.

현재 시점에서 말할 수 있는 것은 거의 없다. 내가 〈아무것도 하지 않는 사람〉을 하면서 앞으로도 〈아무것도 하지 않고 살아가고 싶다〉는 바람을 계속 이뤄나갈 수 있을지도 분명하지 않다.

하지만 일반론에 따르자면 사람 한 명뿐이라면 아무것도 하지 않아도 살아갈 수 있다. 그런 실감은 늘 가지고 있다고 하면 좋을까, 그렇게 확신하고 있다. 〈아무것도 하지 않는 사람〉에게 밥을 사주는 사람이 많이 있고, 잘 곳을 제공해 줄 사람도 순식간에 찾을 수 있기 때문이다. 바로 얼마 전에도 오사카에 가게 되었을 때, 트위터로 숙박을 동반하는 의뢰가 있다면 환영한다고 트위터에 적었더니 곧바로 잘 곳을 제공해 주겠다는 사람이 나타났다. 극단적으로 말하자면 먹을 것과 잘 곳을 확보할 수 있다면 사람은 살아갈 수 있다.

하지만 나에게는 가족이 있고, 나 스스로 가족을 포기한다는 건 절대 불가능하다(내쫓긴다면 그건 어쩔 수 없지만). 아직 아이 학비까지 생각하지 않아도 되는 단계이긴 하지만 저금도 언젠가는 바닥을 보일 것이며, 앞으로 한 가족분의 생활을 지탱하기 위한 방책이 필요해질 것이다. 거기서, 거의 망상 수준의 우스갯소리지만, 만약 〈아무것도 하지 않는 가족〉이라는 것이 성립한다면 일가족이 아무것도 하지 않고 살아갈 수 있지 않을까. 아이의 교육상 운운하는 얘기는 일단 제쳐 두고 말이다.

물론 〈아무것도 하지 않는 사람〉에 비하면 그 수요는 크게 줄어들 것이다. 하지만 예를 들어 〈가족 동반 장기 출장으로 1년 정도 집을 비울 텐데 그동안 대신 살아 줄 수 있을까요?〉 같은 의뢰가 있다면 살 장소는 확보할 수 있지 않을까. 그런 가능성을 최근 들어 아주 조금 생각하고 있다.

나는 제1장에서 〈아무것도 하지 않는 사람〉 대여 서비스를 시작한 계기로 고코로야 진노스케가 제창한 〈존재 급여〉라는 개념을 들었는데 한편으로 간접 원인이라고 할까, 기분에 어렴풋이 영향을 받았을지 모른다고 생각하는 것이 갓 태어났던 내 아이다.

갓난아이는 유능할 리가 없으며 스펙은 제로. 자신은 아무것도 하지 않아도 부모와 주위 사람들에게 귀여움과 돌봄을 받으며 살아갈 수 있다. 그런 아기를 보면서 〈좋겠다〉고 생각했다. 그리고 〈세상 사람들 모두가 아기처럼 행동해도 살아갈 수 있다면 좋을 텐데〉라는 마음이 싹텄다.

일반적으로 그런 생각은 적어도 성인이 되기 전에 버려야 맞을 것이다. 하지만 내 경우에는 그 발상이 〈아무것도 하지 않는 사람〉을 낳는 토양에 있어 비료가 되지 않았나 싶다. 거창하게 말하자면 사상이라고 표현할 수 있을지도 모른다.

어쨌든 아기는 웃을 때는 물론, 화를 낼 때도 울부짖을 때조차도 귀엽다. 뭔가를 하고 있을 때도 아무것도 하지 않을 때도 귀엽다. 동시에 아기는 딱히 남들이 〈귀엽다〉고 해줬으면 해서가 아니라 그저 자기 좋을 대로 마음대로 하고 싶은 일을 할 뿐이다. 나는 그로써 세상이 돌아가면 최고라고, 예컨대 나뿐만 아니라 모든 사람이 자기 좋을 대로 살아가도 괜찮은 세상이 되면 좋겠다고 생각한다.

지금 〈나뿐만 아니라 모든 사람이〉라고 해버린 데에 약간 후회가 든다. 그 부분이 위선적이거나 또는 폼 잡는 것처럼 보이지 않으려나 걱정이 든다. 객관적으로 생각해서 모든 사람이 열심히 노동하는 가운데 나만 편하고 싶다는 게 자연스러운 기분이 들고, 그렇게 선언하는 것이 정직한 느낌이 들기 때문이다. 하지만 나로서는 〈모두 마음대로 살고 있으니 나도……〉 같은 흐름에 더 편승하기가 쉽다. 그런 의미에서의 〈모든 사람〉이라고 봐주기 바란다.

어쩐지 얘기가 너무 커진 기분도 들지만 비교적 진심이다. 아기는 귀여울 뿐 아니라 좋아하는 것도 싫어하는 것도 뚜렷하다. 싫어하는 음식을 입에 넣으면 곧바로 뱉어 낸다. 아주 많이 끝내준다. 그런 완벽하게 귀엽고 끝내주는 아기가 우리 어른들의 가치관에 밀려, 성장하는 과정에서 귀엽지도 끝내주지도 않게 되는 게 더없이 아쉬울 따름이다. 그렇다면 어른들이야

말로 마음대로 살아도 좋지 않을까.

〈맺음말〉을 대신하며

수고하십니다. 재교 건으로 디자이너에게 오늘 늦기 전에 수정 의뢰를 할 수 있었으면 합니다. 어젯밤 메일로 보내 드린 부분은 예스나 노로 답장해 주십시오. 시작하는 글과 맺음말은 나중이라도 좋습니다. 잘 부탁드립니다.

어제17:14

기본적으로 전부 예스입니다! 다만 빚 연체 의뢰를 들어 내기보다 맺음말을 들어 내고 싶습니다. 기한에 쫓겨 만족스러운 글이 되지 못한 것 같아요. 싹 잘라 주시면 좋겠습니다. 그게 어렵다면 예스입니다.

어제17:26

머리말과 맺음말은 대체 무엇을 위해 있는 걸까요? 이미 본문을 쓴 시점의 기분과 달라진 것 같은데 말이죠.

어제17:35

머리말과 맺음말은 〈이륙〉과 〈착륙〉이라고 생각합니다. 책을 펴서 독자가 타인의 세계에 들어갈 때, 적응하기 어려움을 완화해 조금씩 단계를 쫓아가는 느낌으로요. (생략) 저 스스로 독자로서 맺음말 같은 부분을 꽤 재밌게 읽는 경우가 많아서 싹 잘라 버리는 조금 아쉽기도 합니다.

1) 싹 다 지우는 게 아니라 어느 정도 남기는 방침으로 부분적으로 커트.
2) 4월 18일 인쇄 예정이므로 4월 15일까지 다시 쓴다.

이 둘 중 하나로 정리할 수 있으면 좋겠는데 어떤가요……

어제18:45

답장 감사합니다. 이해는 되지만 역시 스스로 문장을 쓴다는 게, 새삼스럽지만 제 기본자세와 어긋나서 매우 괴롭네요. 일단 마음만 말씀드립니다.

어제19:24

그렇다면 맺음말을 완전히 들어 내서 없애거나 혹은 〈일단 쓰기는 했는데 역시 기본자세와 어긋나서 지웠다〉는 문구를 넣거나, 내일 다시 얘기 나누어요. 의향에 따르는 방향으로 재미있는 아이디어가 떠오르면 좋겠습니다. 솔직하게 말씀해 주셔서 감사합니다.

어제19:31

여러 번 거듭 죄송합니다. 문장은 뺀다고 치고, 그림은 괜찮으신가요?
그럼 이것도 내일 다시!
그럼 오늘 하루도 수고하셨습니다.

어제 20:58

저 아닌 사람이 하는 일이라면 뭐라도 괜찮습니다.
네, 자세한 얘기는 내일 다시!

어제 20:59

지은이 렌털 아무것도 하지 않는 사람

본명은 모리모토 쇼지(森本祥司)로 1983년 나고야에서 태어났다. 오사카 대학 대학원 이학연구과에서 우주 지구과학을 전공했고, 학습 교재 출판사 근무를 거쳐 프리랜서 작가로 일했다. 현재는 2018년 트위터에서 처음 시작한 〈아무것도 하지 않는 사람〉 대여 활동을 꾸준히 하고 있다. 지은 책으로 『렌털 아무것도 하지 않는 사람의 아무것도 하지 않은 얘기』와 만화책 『렌털 아무것도 하지 않는 사람』, 『렌털 아무것도 하지 않는 사람의 〈좀 더〉 아무것도 하지 않은 얘기』가 있다. 2020년 그간의 활동이 TV 드라마로도 만들어져 또다시 화제가 되었다.

옮긴이 김수현

배화여자대학교 일어통역학과를 졸업하고 일본 문학 전문 번역가로 활동하고 있다. 옮긴 책으로는 『아웃』, 『어릿광대의 나비』, 『타이니 스토리』, 『열세 번째 배심원』, 『밤의 나라 쿠파』, 『죽은 자의 제국』, 『블랙박스』, 『일곱 번째 방』, 『요코 씨의 말』 등이 있다.

아무것도 하지 않는 사람

지은이 렌털 아무것도 하지 않는 사람 **옮긴이** 김수현 **발행인** 홍예빈·홍유진

발행처 미메시스 **주소** 경기도 파주시 문발로 253 파주출판도시

대표전화 031-955-4000 **팩스** 031-955-4004

홈페이지 www.openbooks.co.kr **email** webmaster@openbooks.co.kr

Copyright (C) 미메시스, 2021, *Printed in Korea*.

ISBN 979-11-5535-263-2 03830 **발행일** 2021년 8월 5일 초판 1쇄

미메시스는 열린책들의 예술서 전문 브랜드입니다.